시조의 문화와 시대정신

시조의 문화와 시대정신

인쇄 · 2022년 5월 15일
발행 · 2022년 5월 25일

지은이 · 신웅순
펴낸이 · 한봉숙
펴낸곳 · 푸른사상사

주간 · 맹문재 | 편집 · 지순이, 김수란, 노현정 | 마케팅 · 김두천, 한정규
등록 · 1999년 7월 8일 제2-2876호
주소 · 경기도 파주시 회동길 337-16(서패동 470-6) 푸른사상사
대표전화 · 031) 955-9111(2) | 팩시밀리 · 031) 955-9114
이메일 · prun21c@hanmail.net /prunsasang@naver.com
홈페이지 · http://www.prun21c.com

ⓒ 신웅순, 2022

ISBN 979-11-308-1915-0 93800
값 22,000원

한국문화
총서
17

시조의
문화와
시대정신

신웅순

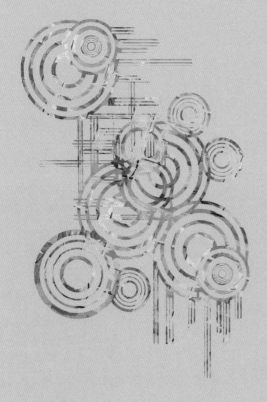

Culture and
Zeitgeist of
Sijo

푸른사상
PRUNSASANG

조선 후기는 시조 분야에서 보면 가객들의 가집 편찬과 기녀들의 연모지정, 작자 미상의 장시조들의 해학과 풍자가 주류를 이룬 시대였다. 이 책에서는 김천택, 김수장, 박효관, 안민영, 송계연월옹 같은 가객들의 시조와 소백주, 다복, 구지, 매화 같은 기녀들의 시조 그리고 「각시네 되오려논이…」, 「민남진 그놈…」, 「시어머니 며느리가…」 등등 무명의 장시조들을 다루었다. 여기에 덧붙여 고시조의 마지막을 장식한 개화기 시조를 소개했다. 개화기 시조는 문학성이 떨어진다는 이유로 제대로 대접을 받지 못했고 시조의 반열에도 오르지 못했다. 그러나 개화기 시조는 고시조와 현대시조의 가교 역할을 충실히 해냈으며 시대정신을 적극적으로 반영한 문학 장르였다. 필자는 이에 개화기 시조를 고시조의 마지막 자리에 올려놓았다.

조선 후기 시조와 기녀시조는 문화사적 측면에서, 장시조와 개화기 시조는 시대사적 측면에서 주로 논의했다. 이들의 시조 대부분은 생몰연대를 알 수 없어 따로 분류해 다루었다.

필자는 시조를 정치, 경제, 사회, 문화, 역사 등 공시적·통시적 측면에서 조명했다. 많은 시조들을 총체적으로 다룰 수 없어 시대마다 언급해야 할 시조들을 선정, 이를 시대순으로 정리해 제목을 새롭게 붙여 집필했다. 그리하여 전 5권으로 압축, 이 책을 끝으로 일단의 완결을 보았다.

1권은 『시조는 역사를 말한다』, 2권은 『시조로 보는 우리 문화』, 3권은 『시조로 찾아가는 문화유산』, 4권은 『문화유산에 깃든 시조』 본서 5권은 『시조의 문화와 시대정신』이다. 이 중 『시조로 보는 우리 문화』는 청소년 교양도서로 선정되기도 했다. 이 다섯 권은 중고등학생들부터 대학, 대학원생들에 이르기까지 시조를 입체적으로 공부할 수 있는 기회를 제공해줄 수 있을 것으로 사료된다. 일독을 권한다.

다섯 권의 책에서 250여 명의 작가와 무명씨 작품, 기녀시조, 장시조, 개화기 시조에 이르기까지 무려 500여 편의 시조가 언급되었다. 10년이 걸렸다. 이제야 긴 여정의 짐을 내려놓는다.

고시조는 우리의 역사이자 문화이다. 천여 년을 내려온 우리만의 고유 문학 장르이다. 인기 없는 시조를 아낌없이 사랑해주신 푸른사상사 한봉숙 사장님께 존경의 마음을 표한다. 그동안 말없이 응원해준 아내에게 그리고 딸, 사위에게도 감사의 말을 전한다.

2022년 4월, 둔산 여여재
석야 신웅순

시조의 문화와 시대정신

제1부   조선 후기 가객들의 시조

제2부 진솔한 연모지정, 기녀시조

제3부 해학과 풍자의 문학, 장시조

차례

제4부 시대정신의 반영, 개화기 시조

조선 후기 가객들의 시조

김성기 「홍진을 다 떨치고…」

1654(효종 5)?~1727(영조 3)?

　　홍진(紅塵)을 다 떨치고 죽장망혜(竹杖芒鞋) 짚고 신고
　　현금(玄琴)을 두러메고 동천(洞天)으로 들어가니
　　어디서 짝 잃은 학려성(鶴唳聲)이 구름 밖에 들린다

　　속세의 먼지를 다 떨치고 대지팡이 짚고 짚신 신고, 거문고를 둘러메
고 경치 좋은 골짜기를 찾아가니 어디서 짝 잃은 학의 울음소리가 구름
밖에서 들려온다.
　　마음은 이미 학을 타고 구름 속을 날고 있다. 이곳이 바로 선경이 아
니고 무엇이랴. 유유자적, 담백하면서도 격조가 있다.

　　강호(江湖)에 버린 몸이 백구(白鷗)와 벗이 되어
　　어정(漁艇)을 흘려놓고 옥소(玉簫)를 높이 부니
　　아마도 세상 흥미는 이뿐인가 하노라

「강호가」 5수 중 하나이다. 자연에 침잠하여 벗 백구와 낚시 그리고

노래로 소일하던 때의 작품이다. 김성기는 생몰연대 미상으로, 숙종 때의 가인이다. 거문고와 통소의 명인이었으며 만년에는 서호에서 배를 띄우며 낚시질로 이렇게 세월을 보냈다.

정래교의 『완암집』에 실린 「김성기전」에는 그를 이렇게 소개했다.

> 금사(琴師) 김성기는 원래 상방궁인이다. 성격이 음률을 좋아하여 작업장에 나가 바치일은 하지 않고 사람을 따라서 거문고를 배웠다. 그 정교한 기법을 터득하고 나서 드디어 활을 버리고 거문고를 전공하게 되었다. 후일 솜씨 좋은 악공들은 다 그 밑에서 나왔다. 한편으로 통소와 비파도 다루었는데, 그 묘한 것이 모두 극치에 이르렀다. … 만년에는 서강 쪽에 셋방을 얻어 살았다. 작은 배를 사서 삿갓 도롱이에 낚싯대를 하나 쥐고 강물에 떠다니며 고기를 낚아 살아가면서 스스로 호를 조은이라 했다.

조수삼의 『추재집』에 실린 「김금사(金琴師)」에서는 다음과 같은 이야기를 전하고 있다.

> 금사 김성기는 왕세기에게 거문고를 배웠는데 세기는 새 곡조가 나올 때마다 비밀에 부치고 성기에게 가르쳐주지 않았다. 그러자 성기가 밤마다 세기의 집 창 앞에 붙어서 몰래 엿듣고는 이튿날 아침에 그대로 탔는데 조금도 틀리지 않았다. 세기가 이상히 여겨 밤중에 거문고를 반쯤 타다 말고 창문을 갑자기 열어젖히자 성기가 깜짝 놀라 땅바닥에 나가 떨어졌다. 세기가 매우 기특하게 여겨 자기가 지은 것을 다 가르쳐주었다.

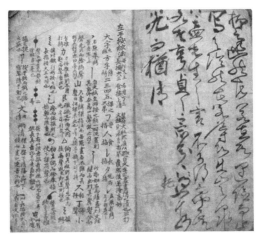

『어은보』· 경상북도 유형문화재. 정조 3년(1779)에 만들어진 것으로, 표지에 쓰인 제목에 '창랑자 어은'이라는 이름이 있다. 영조 때 활약한 김성기가 1728년에 편찬한 『낭옹신보』를 바탕으로 하여, 유홍원이 쓴 것으로 보인다.

사진 출처 : 문화재청

    정래교의 『완암집』에는 "큰 잔치가 벌어질 때 재능 있다는 음악가들이 다 모였다 하더라도 거기에 김성기가 빠지면 흠으로 여길 정도"라며 그의 거문고 연주 기량에 대해 언급하고 있다.

    그는 병화로 인해 전승이 끊어진 평조삭대엽을 전하기도 했다. 사후 제자 이설 등이 스승으로부터 배운 가락을 정리, 1728년에 『낭옹신보(浪翁新譜)』를 펴냈다. 1779년의 『어은보』는 『낭옹신보』를 저본으로 해서 필사된 것이다.

    1723년(경종 3) 신임사화를 일으킨 목호룡이 잔칫상에 그를 불렀다. 그러자 그는 "내 나이 칠십인데 무엇 때문에 너를 두려워한단 말이냐. 너는 고변을 잘하는 자이니 나 또한 고변하여 죽여라." 하며 질책하였다고 한다. 그는 이렇게 가인의 긍지를 지키며 일생을 예인으로 살았다.

    『청구영언』에 시조 8수가 전한다.

권구 「병산육곡」

1672(현종 13)~1749(영조 25)

「병산육곡(屛山六曲)」은 권구가 지은 6수의 연시조로 작자의 향리인 안동군 풍천면 병산리를 제목으로 해서 지은 작품이다. 「도산육곡(陶山六曲)」 등 육가계(六歌系) 시조의 맥을 잇고 있으며 세사를 떠나 자연 속에서의 안분자족하는 삶을 그리고 있다.

부귀(富貴)라 구(求)치 말고 빈천(貧賤)이라 염(厭)치 말라
인생백년이 한가할사 사니 이 내 것이
백구야 날지 말아 너와 망기(忘機)하오리다.

첫째 수이다. 부귀라고 구하지 말고 빈천이라고 너무 싫어하지 말라. 인생 백 년을 한가하게 살고 싶어 하는 것이 내 마음이다. 백구야! 날지 말아라, 너와 더불어 세상을 잊고 살아가련다. 속세와 떨어져 일생을 저 백구처럼 한가롭게 살아가겠다는 것이다.

권구는 이현일의 문인으로 일찍부터 과거에 뜻을 두지 않았다. 당시

영남학파의 거두인 이상정 등과 교유하면서, 평생을 학문 연구와 후진 양성에 힘썼다. 그는 1716년 병산에 와 살았으며 1723년에는 고향인 지곡으로 돌아갔다.

> 보리밥과 생채(生菜)를 양(量) 마춰 먹은 후에
> 모재(茅齋)를 다시 쓸고 북창하(北窓下)에 누엇시니
> 눈 압해 태공(太空) 행운(行雲)이 오락가락 하놋다.

셋째 수이다. 소박한 음식, 보리밥과 생나물을 양에 맞춰 먹은 후, 초 가집을 다시 쓸고 북쪽 창 아래 누웠으니 높고 넓은 눈앞의 하늘에 구 름이 오고 가고 하는구나. 자연과 더불어 한가롭게 사는 안빈낙도의 삶 을 보여주고 있다.

권구는 흉년이 들자 향리의 사창을 열어 빈민을 구제하였으며, 향약 을 실시하여 고을에 미풍양풍을 일으키는 등 풍속 교화에도 많은 힘을 기울였다. 노블레스 오블리주를 실천한 유학자이기도 하다.

> 공산리(空山裏) 저 가난 달에 혼자 우난 저 두견아
> 낙화(落花) 광풍(狂風)에 어나 가지 의지하리
> 백조(百鳥)야 한(限)하지 말라 내곳 설워 하노라.

넷째 수이다. 빈 산속으로 지는 달을 보며 홀로 우는 저 두견새야. 심 한 바람에 꽃잎이 지니 어느 가지를 의지해야 하나. 수많은 갖가지 새 들아, 한탄하지 말라. 내 또한 너와 함께 서러워하노라.

낙화광풍은 혼탁한 현실을 말한다. 백조야, 나도 탄식하고 있는 너와 동병상련이다. 한가롭게 살면서도 세태에 대한 풍자와 비판도 함께 드러내고 있다. 안분자족을 노래하면서도 혼탁한 정치 현실을 염려하고 있는 지은이의 유학자다운 모습도 나타나고 있다.

1728년(영조 4) 이인좌의 난이 일어났을 때 영남에 파견된 안무사 박사수는 권구가 이인좌의 역모에 가담할 우려가 있다 해서 그를 조사하기 위해 서울로 압송했다. 그러나 영조는 오히려 권구의 인품에 감동을 받아 특지로 권구를 석방시켰다.

이인좌의 난은 당시 정권에서 배제된 소론과 남인의 과격파가 연합해 무력으로 정권 탈취를 기도한 사건이다.

권구는 경학, 예설 등을 깊이 연구하였으며 이기설에 있어서는 퇴계 이황의 이기호발설을 지지했고 천문, 역학 등에도 매우 조예가 깊었다고 한다.

속세를 떠난 사람도 세상과 등지고는 살아갈 수 없다. 안분낙도의 삶은 어쩌면 우리들에게는 이상향일지 모르겠다. 주어진 삶을 어떻게 살아가느냐가 우리 삶의 화두가 아닐까 생각해본다.

윤순 「내 집이 백학산중…」

1680(숙종 6)~1741(영조 17)

내 집이 백학산중(白鶴山中) 날 찾을 이 뉘 있으리
　입아실자(入我室者) 청풍(淸風)이요 대아음자(對我飮者) 명월(明
月)이라
　정반(庭畔)에 학배회(鶴徘徊)하니 내 벗인가 하노라

　윤순은 때때로 벼슬을 버리고 고향으로 돌아가곤 했다. 이 시조는 그
때 지은 것이라 생각된다. 윤순은 조선시대 양명학의 태두인 정제두의
문인이며 정제두의 아우 정제태의 사위이다. 대제학을 두 번씩이나 맡
을 정도로 문장으로 이름이 났으며 성품이 청렴하여 벼슬에 연연하지
않았다.

　내 집은 백학이 사는 산중이라 누가 나를 찾을 사람이 있으리. 내 방
에 들어오는 것은 맑은 바람이요, 나와 대작하는 이는 밝은 달이라. 뜰
가에 학이 배회하니 그것이 내 벗인가 하노라. 한가롭고 고결하게 살고
싶은 마음을 청풍, 명월, 학으로 빗대어 자기 자신의 마음을 나타냈다.

윤순은 깨끗함이 지나칠 정도였으며 평생 집 한 채가 없어 형 윤유가 장만해주었다고 한다. 그는 일생을 맑은 바람, 밝은 달, 고고한 한 마리 학처럼 청빈하게 살았다. 이 시조 한 수가 그의 삶 자체라 말할 수 있으리라. 『조선왕조실록』에 실린 윤순의 졸기에도 마음이 깨끗하고 단아하다고 기록되어 있다.

그는 사은사 서장관으로 청나라에 다녀왔으며, 이조, 공조, 예조 판서를 역임했고 경기도관찰사, 평안도관찰사를 지냈다. 그러나 문신보다도 서예가로 이름이 더 잘 알려져 있다. 윤순은 우리나라 역대 서법과 중국 서법을 아울러 익혀 한국적인 서풍을 일으킨 조선 후기 글씨의 대가이다. 그의 문하에서 이광사 같은 걸출한 서예가가 배출되었다.

오세창의 『근역서화징』에서는 "동국(東國)의 진체(眞體)는 옥동 이서에서 시작되어 그 뒤에 공재 윤두서, 백하 윤순, 원교 이광사가 모두 그의 그 뒤를 이어간 사람이다"라고 말하고 있다. 조귀명은 "우리나라 서법은 크게 세 번 변했는데 국초에는 촉제(조맹부)를 배우다 선조와 인조 이후로 한호를 배웠고 요즘에는 진체(왕희지)를 배우고 있다."고 말하고 있다. 이는 안평체, 석봉체, 백하체를 두고 한 말이다.

김정희는 『완당집』에서 "백하의 글씨는 문징명(文徵明)에서 나왔다."고 말했다. 그는 옛사람의 서풍을 자유자재로 구사할 수 있는 대가의 역량을 지녔으며 특히, 행서는 각가(各家)의 장점을 잘 조화시켜 일가를 이루었다.

백하는 송설체가 퇴조하고, 석봉체가 관각체로 떨어진 조선 후기 새로운 시대 서풍을 꽃피운 인물이다. 조선 서예사에서 백하 윤순의 글씨 위치가 어떠했는지를 알 수 있다.

사담동천 · 백하 윤순이 새
긴 글씨   사진 출처 : 신웅순

송설체는 중국 원나라 조맹부의 서풍을 일컫는 말이다. 그의 서실 이름이 송설재(松雪齋)라 하여 이런 명칭이 생겼다.

백하는 자신의 서첩에서 "비록 획의 뜻은 얻었으나 그 뜻이 먼저 속된 눈에 들고자 하는 데 있다면 그 짜임새는 비속하게 된다. 그러므로 뜻이 항상 굳세고 속되지 않은(蒼勁拔俗) 곳에 있은 뒤에야 그 성취가 필경 크게 나아갈 수 있다"고 하였다.

백하는 글씨의 정도를 짜임새나 획에서 찾지 않고 '굳세고 비속하지 않은' 뜻에서 찾았다.

강화의 고려산적석사비 등 많은 비갈들이 남아 있으며 저서에『백하집』이 전하고 있다. 백하는 검무로 유명한 밀양 기생 운심을 사랑했는데 그의 춤에서 초서 비결의 영감을 얻었다고 한다.

편액 글씨로는 강화 유수부 동헌인 명휘헌 현판이 남아 있고 각자 글씨로는 설악산의 비선대 초서와 충북 괴산군 청천면 사담리의 '라월경', '사담동천', 인근의 '송풍석' 등이 남아 있다.

김천택 「부생이 꿈이어늘…」

1680년 말~?

부생(浮生)이 꿈이어늘 공명(功名)이 아랑곳가
현우귀천(賢愚貴賤)도 죽은 후면 다 한가지라
아마도 살아 한 잔 술이 즐거온가 하노라

덧없는 인생이 한바탕 꿈이거늘, 공명을 아랑곳할 것인가. 어질고, 어리석고, 귀하고, 천하고, 모두가 죽은 후면 다 한가지라. 아마도 살았을 때 술 한잔 하는 것이 즐겁지 않겠는가. 인생의 덧없음을 노래하고 있어 만년에 지은 시조가 아닌가 싶다.

김천택은 숙종 때의 가객으로 자는 백함 또는 이숙, 호는 남파이다. 『해동가요』에 57수를 남겼고 1728년 『청구영언』을 편찬했으며 노가재 김수장 등과 풍류방인 경정산가단(敬亭山歌壇)을 만들었다.

『청구영언』은 우리나라 최초의 시조집으로 『가곡원류』, 『해동가요』와 함께 조선의 3대 가집의 하나이다. 이에는 고려 때부터 18세기 초엽에 이르기까지의 시가 1,015수(시조 998수, 가사 17수)를 수집·정리하여 가곡의 유형(중대엽·삭대엽)과 음조(평조·우조·계면조)에 맞게 묶어 후세 사람들이 쉽게 부를 수 있게 하였다.

시조는 이때까지만 해도 학자와 문인들의 전유물로, 도학적·관념적인 틀에서 벗어나지 못하고 있었다. 그러나 이 시기에 등장한 가객들은 시조의 제재를 일상생활 속에서 취해 이를 사실적으로 묘사, 때로는 해학적 표현으로 시조에 새 바람을 일으켰다. 여기에 악장인 북전, 가사인 「맹상군가」, 사설시조인 만횡청류에 이르기까지 모든 시조를 정리하여 시조 발전과 후진 양성에 지대한 공헌을 했다.

> 강산 좋은 경(景)을 힘센 이 다툴 양이면
> 내 힘과 내 분(分)으로 어이하여 얻을소냐
> 진실로 금(禁)할 이 없을 새 나도 두고 노니노라

이 강산 이 좋은 경치를 힘 있는 사람들이 갖겠다고 다툰다면 힘없고 지체 낮은 나의 차례는 돌아오지도 않을 것이다. 다행히도 이것만은 금하는 사람이 없으니 마음대로 노닐며 즐길 수가 있지 않은가.

권력이나 금력에 초연, 세속에 얽매임이 없이 오로지 자연 속에서 인생을 즐긴 옛 선비의 생활 태도가 재치 있게 표현되어 있다. 설마 아름다운 경치까지 권력 있는 사람들이 다투어 갖겠는가. 절로 미소를 자아내게 하는 수작이다.

정래교는 『청구영언』의 서문에 이렇게 썼다.

백함은 이미 노래를 잘 불렀고 신성도 능히 지었다. 또한 거문

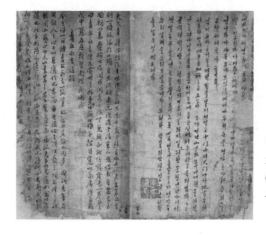

고를 잘 타서 전악사와 서로 의탁하여 '아양지계(峨洋之契)'를 이
루었다. 전(全) 악사가 거문고를 타고 백함이 맞추어 노래를 부르
면 그 소리가 맑고 깨끗하여 귀신을 감동시키고 화기를 일으킬
수 있었으니, 두 사람의 기예는 한 시대의 더할 수 없이 교묘한
재주라 할 만하다.

김천택은 자연을 즐기고 인생을 즐길 줄 아는 진정한 가인, 풍류객
이 아닌가 싶다. 위 인용문에 등장하는 전 악사는 악사 전만제를 가리
킨다. 전만제는 경종 때 궁중 음악인으로 거문고를 잘 탔으며 비파에도
능했다. 이렇게 가객 김천택은 아양지계인 악사 전만제와 더불어 가악
으로 한 시대를 풍미했다.

정래교는 일찍이 우울증에 걸려 답답한 마음을 달랠 길이 없었는데
백함이 전 악사와 함께 와서 노래를 불러 답답한 마음을 풀 수 있었다
고 한다.

제1부 조선 후기 가객들의 시조

신정하 「간사한 박 파주야…」 외

1680(숙종 6)~1715(숙종 41)

간사(諫死)한 박 파주(朴坡州)야 죽으라 설워 마라
삼백 년 강상(綱常)을 네 혼자 붙들거다
우리의 성군(聖君) 불원복(不遠復)이 네 죽긴가 하노라

'간사' 는 임금님께 간하다가 죽임을 당한다는 뜻이다. '박 파주' 는 박
태보가 파주목사를 지냈기 때문에 부르는 칭호이다. 박태보는 인현왕
후의 폐비를 극력 반대하다 고문을 당하고 유배 가는 도중에 35세의 젊
은 나이로 죽었다. '삼백 년' 은 조선조에서 숙종 때까지 300년 동안을,
'강상' 은 삼강(三綱)과 오상(五常)을 이르는데, 이는 사람이 마땅히 지켜
야 할 도리이다. 삼강은 군위신강, 부위자강, 부위부강의 도리요, 오상
은 인·의·예·지·신의 다섯 가지의 기본 덕목을 이르는 말이다.

'붙들거다' 는 끝내 잘 지켜내었다는 뜻이며 '성군' 은 숙종 임금을 말
한다. '불원복' 은 머지않아 다시 복위시켰다는 뜻으로 인현왕후를 폐출
했다가 복위시켰음을 이르는 말이다. '네 죽긴가' 는 '박 파주 그대가 죽

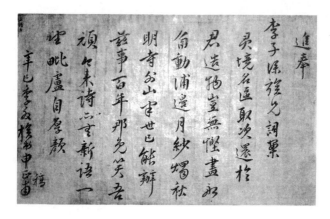

었기 때문'이라는 뜻이다.

인현왕후를 폐출하는 것은 옳지 않다고 임금께 간하다가 고문에 죽은 박 파주여, 죽음을 서러워하지 마라. 그대의 죽음이 조선조 창업 이래 300년 동안의 강상을 그대 혼자서 붙들어 지킨 것이 아니겠느냐. 우리 성군 숙종께서 얼마 아니하여서 복위를 시킨 것은 그대가 죽었기 때문이 아니던가.

의분 강개하는 젊은 선비의 외침이 가슴을 울린다.

숙종의 시퍼런 서슬에도 박태보를 구하려고 나선 사람이 바로 신정하이다. 이 일로 파직되어 양천으로 내려가 은거하였다. 얼마 후 조정에 복귀했는데 또다시 박태보의 복관을 주장했다. 또 숙종의 노여움을 사 파면되었으며 제주로 귀양을 갔다. 5년 후 유배에서 풀려나 고향에서 살다 36세의 젊은 나이로 일찍 세상을 떠났다.

벼슬이 귀타 한들 이내 몸에 비길소야
건려(蹇驢)를 바삐 몰아 고산(故山)으로 돌아오니

어디서 급한 비 한 줄기에 출진 행장(出塵行裝) 씻괘라

벼슬이 귀하고 좋다고들 하지만 어찌 이 내 몸 소중함과 비기겠느냐.
절룩거리는 나귀를 바삐 몰아서 고향 땅으로 돌아오니 갑자기 쏟아지
는 비가 속세를 떠나 돌아오는 행장들을 말끔히 씻어주는구나.

'건려'는 절룩거리는 나귀를 뜻하고 '고산'은 고향을 뜻한다. 흔히 나
귀를 탄 인물을 돌아다니는 시인이라 하여 시객이라고 부르기도 한다.

신정하가 고향으로 돌아가는 심경을 노래한, 이제 막 속세에서 벗어
날 수 있게 되었다는 안도감이 담긴 작품이다. 신정하의 시조는 이 외
에 1수가 더 있다.

문인화가이며 평론가인 이하곤은 "평소 즐긴 것은 문장과 산수뿐이
었으며, 책을 읽고 시를 짓는 것 외에 다른 일에는 얽매이지 않았다"라
고 그의 평생을 술회했다. 문신 송상기는 만시(挽詩)에서 "높은 명망 얼
음인 양 깨끗하였고 맑은 글은 옥처럼 티가 없었지. 벼슬자리 외물처럼
가볍게 보고, 글 쓰며 생애를 지나 보냈지"라고 칭송하기도 했다.

당시 조선으로 유입되기 시작한 소품문학에 적극 대응해 척독(尺牘)
분야에서 선구적 업적을 남겼다. 비평 방면에도 재능이 있었으며 장서
가로도 이름이 높았다고 한다.

유고로 『서암집』 30권이 남아 있다.

김수장 「초암이 적막한데…」

1690(숙종 16)~?

초암(草庵)이 적막(寂寞)한데 벗 없이 혼자 앉아
평조 한 닢에 백운이 절로 존다
어느 뉘 이 좋은 뜻을 알 이 있다 하리오

  노가재에 찾아오는 벗이 없어 혼자 쓸쓸히 앉아 있다. 평조 한 닢을
읊조리니 산마루 흰 구름이 절로 존다. 어느 누가 이 자족하는 마음을
알 이 있다 하리오. 한가로운 오후의 노가재 풍경이다. 맑고 평화로운
가락에 흰 구름이 절로 존다니 빼어난 시구이다.

  평조는 국악 선법 중의 하나로 서양음계의 장조와 비슷하다. 평조 한
잎은 곡명으로 평조대엽을 말한다.

  1760년(영조 36) 그의 나이 71세. 김수장은 경치 좋은 서울의 화개동(현
재 종로구 화동)에 자그마한 모옥, 노가재를 마련했다. 『한겨레음악대사
전』은 『해동가요』에 실린 김시모의 「노가재기(老歌齋記)」에 기록된 노
가재 풍경에 대해 다음과 같이 기술했다.

창을 열고 앉으면 서쪽으로는 인왕산 필운대가 펼쳐져 있고, 동쪽으로는 낙산 파정(琶亭)이 보인다. 문을 열고 나서면 북쪽의 연대(蓮臺) 주변에 감도는 구름을 볼 수 있고, 남쪽의 남산 잠두(蠶頭)를 희롱하는 저녁노을을 어루만질 수 있는 곳이 바로 노가재의 풍광이라고 기술하였다. 노가재에 살면서 얻은 그의 십경은 동쪽 고개에선 밝은 달을 볼 수 있고, 서쪽 산봉우리에선 매일 저녁 황혼녘의 낙조를 즐길 수 있었다. 그리고 남쪽의 누대에서 울리는 종소리를 듣노라면 북쪽 산에서는 시원한 바람이 불어오고, 경회루의 송림은 마치 앞마당에 온통 펼쳐진 듯하고, 푸른 하늘 가르며 오가는 백로, 인봉으로 피어오르는 아침놀, 먼 마을에서 저녁밥 짓느라 피어오르는 연기, 골짜기에 가득한 꽃향기, 친한 벗의 거문고 연주에 맞추어 노래하는 멋, 이런 열 가지 멋스런 경치를 김수장은 내내 누렸다.

김수장은 숙종(1674~1720) 때 가객으로 서리로 일했다. 전라도 완산 출생으로 『해동가요』의 저자이다. 노가재는 김수장의 호이며, 그가 조직한 노가재가단은 김천택의 경정산가단과 쌍벽을 이루는 조선 후기 가단으로서 경정산가단과 함께 한양의 가곡 문화를 이끌어갔다.

18세기는 여항문화가 꽃피운 시기이다. 여항은 일반 백성들이 사는 골목길을 말한다. 상업의 발달로 상인을 비롯한 중인 계층이 성장하면서 이들이 중심이 되어 새로운 형태의 문화를 형성했다. 이를 여항문학이라고 한다.

김수장이 편찬한 『해동가요』는 필사본 2권 1책으로 조선 3대 가집의 하나이다. 1746년에 편찬을 시작해 1755년까지 제1단계 편찬을 마쳤고, 1763년에 제2단계 편찬이 완성되었다. 유명씨 작품과 자기 작품 568수, 무명씨 작품 315수, 모두 883수가 수록되었다. 작가별로 노래를 분류하고 작가마다 약력을 붙였으며 작품 끝에는 관계 문헌 또는 주를 달았다. 1769년 개정본에는 김우규 이하 9인의 76수 및 무명씨 작품 1수가 더 실려 있다.

다음은 『해동가요』의 서문이다.

> 대개 문장과 시는 책으로 만들어져서 천 년이 넘도록 사라지지 않는다. 하지만, 가요는 불리는 순간에는 찬사를 받지만, 그때가 지나면 사람들 사이에서 잊혀버리고 사라져버린다. 참으로 안타깝고 아까운 일이 아닐 수 없다. 고려 말부터 지금까지 여러 임금님과 관리들, 선비와 가객, 백성과 어부, 기생들은 물론 이름이 알려지지 않는 이가 지은 노래들을 수집해서 책을 펴내면서 해동가요라고 이름 지었다. 부디 여기 적혀 있는 노래들이 오랫동안 전해지기를 바란다.

조선의 예술가들 역시 실력이 뛰어나도 굶주림과 가난에 시달려야만 했다. 노가재에서 노랫소리는 끊이지 않았으나 그의 집은 언제나 가난했다. 예나 지금이나 예술가의 배고픔은 시대를 뛰어넘어 다를 바가 없으니 가난해야 작품이 나오는 것인가. 씁쓸하기만 하다.

이정보 「국화야 너는 어이…」

1693(숙종 19)∼1766(영조 42)

국화야 너는 어이 삼월동풍(三月東風) 다 지내고
낙목한천(落木寒天)에 네 홀로 피었는다
아마도 오상고절(傲霜孤節)은 너뿐인가 하노라

'삼월동풍'은 삼월에 동쪽에서 부는 바람을 말한다. 봄바람이라고 한
다. '낙목한천'은 나뭇잎이 떨어진 추운 계절을, '오상고절'은 매운 서
릿발에도 굴하지 않는 고상한 절개, 국화를 가리킨다.

국화야 너는 어이 삼월 춘풍 다 보내고 나뭇잎이 진 추운 계절에 네
홀로 피었느냐? 아마도 매서운 서릿발에 높은 절개를 지키는 것은 너
뿐인가 보구나.

온갖 어려움에도 지조와 절개를 지키며 살아가는 선비의 모습을 칭
송한 노래이다. 국화는 지조와 절개를 표현할 때 흔히 사용되는 제재이
다. 국은 매·난·국·죽, 사군자 중의 하나로 선비가 지향하는 이상적
인 인간상이다.

중국 송나라 때의 시인 소동파가 지은 「증유경문(贈劉景文, 유경문에게 주다)」이라는 시의 "국잔유유오상지(菊殘猶有傲霜枝)"라는 구절을 떠올리며 지었다고 전해지고 있다. "국화는 시들어도 서릿발이 심한 추위에도 가지를 남겼다"는 시구이다.

이정보는 조선 후기 영조 때의 문신이다. 강직한 성품으로 바른말을 잘하여 여러 번 파직당했다. 글은 주의(奏議)에 능했으며 사륙문(四六文)에 뛰어났다. 주(奏)는 신하가 임금에게 올리는 글이며 의(議)는 다른 의견을 주장하는 글이다. 사륙문은 육조와 당나라에서 유행했던, 네 자와 여섯 자의 구로 이루어진 문체를 말한다.

그는 음악에 조예가 깊어 많은 남녀 명창들을 배출해냈다. 1763년 벼슬에서 물러나 한강변의 학여울 가에 정자를 짓고 음악과 풍류를 즐기고 있었다. 이정보가 가기 명창 계섬을 만난 것은 이즈음이었다.

계섬은 서울의 이름난 기생이었다. 본래 황해도 송화현의 계집종으로, 대대로 고을 아전을 지낸 집안 출신이었다. 일곱 살에 아버지가 죽고 열두 살에 어머니마저 죽자, 열여섯 살에 주인집 여종으로 예속되었다. 그녀는 처음엔 시랑 원의손의 성비(聲婢)로 10년을 일하다 1761년경부터 이정보의 집안에 소속되었다. 이정보는 지금의 작곡 작사가였다. 악보를 만들고 노래를 짓고 그것을 명가들에게 부르게 했다. 이정보의 후원으로 많은 명창들이 배출되었으며 계섬은 그가 사랑했던 제자 중 최고의 명창이었다.

그녀에게 이정보는 물질적 후원자라기보다는 예술적 · 정신적인 지원자였다. 그녀는 이정보가 죽은 후 크게 상심했다. 그것은 지음을 잃었기 때문이었다.

심노숭의 『계섬전』 일부이다.

　　공이 죽자 계섬은 아버지의 장사를 지낼 때와 같이 공을 위해
곡을 하였다. 마침 나라에서 큰 잔치를 하기 위해 잔치를 주관하
는 관청을 설치하고, 여러 기생은 날마다 관청에 모여 기예를 익
혔다. 계섬은 아침저녁으로 관청을 오가면서 돌아가신 이정보의
제사 음식을 마련하여 제를 올렸다. 그런데 관청이 이정보의 집
과 멀리 떨어져 있어, 관청의 여러 담당관이 그녀가 힘들고 괴로
울 것 같아 말을 빌려주고 관청에까지 타고 오게 하였다. 게다가
그녀가 공의 장례곡을 하다 목소리를 잃을까 염려하자, 계섬은
곡마저 못 하고 훌쩍이기만 하였다. 장례를 마치자 그녀는 날마
다 음식을 마련해서 공의 무덤을 돌보고, 술 한 순배에 한 곡조,
한 번 곡하는 것을 진종일 하고 돌아오곤 하였다. 공의 자제들이
그 말을 듣고 부끄럽게 여겨 무덤 지키는 노비를 꾸짖으니, 계섬
이 크게 그것을 한스럽게 여겨 이로부터 다시는 공의 무덤가에
가지 않았다.

　　김수장의 『해동가요』에 82수 작품이 전하고 있다. 그는 평시조뿐만
아니라 사설시조에도 능해 20여 수의 사설시조를 남겼다. 사대부가 지
었다고 보기 어려운 솔직하고 외설적인 시조가 많으며, 다른 가집들의
작품들을 포함하면 약 100여 수가 된다.

　　묻노라 부나비야 네 뜻을 내 몰래라
　　한 나비 죽은 후에 또 한 나비 따라오녀

아무리 푸새엣 짐승인들 너 죽을 줄 모르는다

묻노라 부나비야, 네 뜻을 모르겠구나. 한 나비 죽은 후에 또 한 나비 따라오는가. 아무리 보잘것없는 짐승인들 너 죽을 줄을 모르는가.

절개는 대쪽이요 지조는 국화 같았던 선비였다. 영조에게 탕평책의 부당함을 여러 번 직간했다 파직당하거나 좌천되었다. 자신에 대한 연민의 정이었을까. 자신도 이 부나비와 다를 바 없는 존재라고 생각했는지 모른다. 불에 타면 죽는다는 당연한 이치조차 알지 못하고 불에 뛰어드는 몰지각한 사람들의 행위를 비판하고 있다.

임금을 그리워한 연군의 정을 읊은 노래도 있다.

꿈에 님을 보러 베개 위에 지혔으니
반벽 잔등(半壁殘燈)에 앙금(鴦衾)도 차도 찰사
밤중만 외기력의 소리에 잠 못 이뤄 하노라

꿈에 님을 보려고 베개 위에 의지했으나 벽 한쪽에 걸어놓은 꺼져가는 등에 원앙이불이 차갑고도 차갑구나. 밤중쯤 외기러기 우는 소리에 잠을 이루지 못하겠구나.

님을 볼 수 없어 꿈에 의지할 수밖에 없어 잠을 청했다. 등은 꺼져가고 원앙금침은 차디차다. 한밤중 외기러기 울음 때문에 잠을 이룰 수가 없다는 것이다. 님을 여읜 여인의 외로움과 그리움을 여성적 필치로 섬세하게 노래하고 있다.

두견아 울지 마라 이제야 내 왔노라
이화도 피어 있고 새 달도 돋아 있다
강산에 백구 있으니 맹서(盟誓)풀이 하리라

그의 귀거래사이다. 이제야 내 왔으니 두견아 더는 울지 말아라. 배꽃도 피어 있고 새 달도 돋아 있다. 강산에 백구까지 있으니 술이나 한 잔하며 예전의 맹서풀이나 해야겠구나.

그는 마흔에 벼슬길에 나가 수많은 풍파를 겪고 35년의 벼슬 끝에 75세의 나이로 낙향했다. 이때 지었던 것으로 보인다.

이런 시조도 있다.

웃어라 잇바디를 보자 찡그려라 눈매를 보자
앉거라 보자 서거라 보자 백만 교태 하여라 보자
네 부모 너 삼겨낼 제 날만 괴라 삼기도다

'잇바디'는 이가 늘어서 있는 줄 모양, '치열'을 말하며 '삼겨낼 제'는 '태어나게 할 때'이며 '괴다'는 '사랑하다'는 뜻이다.

웃어보아라, 박씨 모양의 하얀 잇바디를 보자꾸나. 찡그려보라 눈 가장자리 주름진 눈매를 보자꾸나. 앉거라, 다소곳한 앉음새를 보자꾸나. 서거라, 봉긋한 가슴을 보자꾸나. 백만 교태 부려보아라. 네 부모가 너를 태어나게 했을 때 나만 사랑하라고 태어났도다. 미태에 혹해 갖가지 맵시와 표정을 보여달라 보채고 있다. 일거수 일투족 흠뻑 여인에게 빠져 있는 화자의 모습이 그려져 있다.

황천(皇天)이 부조(不弔)하니 무향후(武鄉候)인들 어이하리

져근덧 사랏드면 한실부흥(漢室復興) 하올거슬

지금에 출사표 넑을 제면 눈물겨워 하노라

'황천(皇天)'은 '하늘을 공경해서 일컫는 말'이며 '부조(不弔)하니'는 '무정하니'를 이르는 말이다.

하늘이 무정하여 도와주질 못하니 무향후 제갈량인들 어찌 할 수 있으리. 좀 더 살았더라면 한실왕조를 다시 일으킬 수 있었을 것을, 지금도 제갈량 「출사표」를 읽을 때마다 눈물을 참지 못하겠구나.

군신관계를 유비와 제갈량과의 만남으로 비유했다. 제갈량은 한실부흥의 필생의 꿈을 위해 충절을 다했으나 결국 뜻을 이루지 못했다. 「출사표」를 읽을 때마다 눈물을 참을 수가 없다는 것이다. 현실에서 제대로 군신관계가 성립되지 않아 이상적인 정치가 실현되지 않았음을 유비와 제갈량에 빗대어 비판하고 있다.

간밤에 자고 간 그놈 아마도 못 잊겠다.

와(瓦)야 놈의 아들인지 진흙에 뽐내듯이, 두더지 영식(令息)인지 꿈꿈이 뒤지듯이, 사공의 성녕인지 상앗대 지르듯이 평생에 처음이요 흉측히도 얄궂어라

전후에 나도 무던히 겪었으되 참 맹세 간밤 그놈은 차마 못 잊을까 하노라.

성애를 다룬 장시조이다. '와야 놈'은 기와장이를 낮추어 이르는 말인데 진흙을 잘 다루는 재주를 가진 사람을 말한다. '영식'은 남의 아들

을 높여서 부르는 말이다. 두더지 아드님이니 땅속을 오죽이나 꾹꾹 잘 뒤지겠는가. '성녕'은 솜씨나 손재주를 이르는 말이다. '상앗대'는 얕은 물에서 배를 미는 장대를 말한다. '참 맹세'는 '참말로 맹세코'라는 뜻이다.

간밤에 자고 간 그놈이 어찌나 재주가 좋던지 아무리 해도 잊을 수가 없다. 기왓장이 아들놈인지 진흙을 이겨내는 솜씨며, 두더지 아들인지 꾹꾹 뒤지는 그 솜씨며, 능숙한 뱃사공인지 상앗대를 지르는 그 솜씨가 전후에 무던히 겪은 나이지만 흉측하고 얄궂어라. 평생에 처음이라 맹세코 잊을 수가 없다는 것이다. 솜씨 좋은 그 남자를 차마 못 잊겠다니 종장에서의 반전에 말문이 막힌다.

그놈 못 잊겠다는 언급만으로는 성이 차지 않아 중장에서 '기와공, 두더지, 사공놈' 능수능란한 세 사람을 동원시켜 성적 쾌감의 강도를 더욱 높이고 있다. 기발한 비유와 재치를 박진감 있게, 외설로 흐르기 쉬운 성애를 상스럽지 않게 처리했다. 중·종장 다 파괴하고 형식도 거의 무시한 작가의 대담성에 놀랍기만 하다.

작품 속에서 여성이 주체가 되어서 남성을 성적 대상으로 보고 있다는 점이 흥미롭다.

> 생매 가튼 저 각시님 남의 간장(肝腸) 그만 긋소.
> 몃 가지나 하야쥬로 비단장옷 대단(大緞)치마 구름가튼 북도(北道) 다래 옥(玉)비녀 죽절(竹節)비녀 은장도 금장도, 강남셔 나온 산호가지(珊瑚柯枝) 자개 천도(天桃) 금가락지 석웅황 진주(石雄黃眞珠) 당게 숙초혜(繡草鞋)를 하여주마

저님아 일만 양(一萬兩)이 꿈자리라 꽃같이 웃는 듯이 천금 쓴
언약을 잠간(暫間) 허락하시소

위와는 달리 이 시조에서는 남성이 주체가 되어 여성을 성적 대상으로 보고 있다. "남의 간장 그만 긋소" 하면서 남성이 여성에게 수작하고 있다. '대단치마'는 중국에서 나는 비단치마, '다래'는 다리, 여자의 머리에 덧 넣는 딴 머리, '죽절비녀'는 머리 부분을 대나무 마디처럼 꾸민 비녀, '산호가지 자개'는 산호의 가지로 만든 자개, '천도 금가락지'는 천도를 새긴 금반지, '석웅황 진주'는 누른 빛 광물 물감으로 물들인 진주, '숙초혜'는 수를 놓은 짚신을 말한다. 옷가지와 장식품들을 일일이 열거하면서 상대가 응한다면 어떤 물건이든 다 사주겠다고 약속하고 있다. 그 일만 냥이 꿈자리니 나의 애간장을 그만 녹이고 천금 쓴 언약을 잠깐 허락해달라는 것이다.

영조 때 대제학까지 지낸 이정보의 작품이다. 그는 4대에 걸쳐 대제학을 지낸 지체 높은 명문가 출신이다. 이런 명문가의 선비가 비속한 말로 노골적이고도 질탕한 성행위를 드러낸 작품을 썼다는 것은 당시로서는 상상하기 어렵다.

전하께서는 언관(言官)에 대해 종을 나무라고 짐승을 꾸짖듯이 꺾어 누르고 몰아대십니다. …(중략)… 사람들이 모두 입을 다문 채 대각(臺閣)에 들어가는 것을 죽을 곳에 들어가는 것처럼 싫어하여 피하고 있습니다. …(중략)… 삼가 원하건대, 기탄없이 하는 말을 온화한 자세로 받아들여 우용(優容) 하는 뜻을 보이시고, 말

때문에 죄를 얻은 사람들을 일제히 모두 용서하소서.

— 영조 42권, 12년(1736 병진/청 건륭 1년)

11월 7일(병신) 3번째 기사

　이렇게 바른말을 잘 하고 강직한 그가 당시에 이런 작품을 썼다는 것은 아직도 의문으로 남는다.

　김수장은 『해동가요』를 세 차례 이상 개편했는데, 그때마다 동시대 작가들의 작품을 새로이 수집해 보완했다. 이정보의 작품은 두 번째 개편할 때 수록되었다. 이 가집에 수록된 다른 작품들은 작자가 문제된 적이 거의 없는 신뢰도가 높은 가집이다. 그리고 김수장과 이정보는 동시대 인물로 둘 다 서울에서 살았다. 결국 이정보의 문제작들은 당시 서울에서 활동하던 가객 김수장이 직접 수록한 것이므로 오류가 있었을 확률은 거의 없다.(신경숙, 「사설시조–사대부가 노래한 시정 풍속도」, 『한국의 고전을 읽는다』)

　장시조는 재담·욕설·음담 등을 시조에 도입, 조선 후기 풍자와 해학의 세계를 열어준 당시의 서민문학이다. 조선 영조대를 최후로 장식한 사대부 시조 작가로서 시조의 주축을 평민층으로 옮기는 교량 역할을 했다는 평가를 받고 있다. 이정보는 시조의 대가로서 문집은 전하는 바 없으나 100여 수에 달하는 많은 시조들을 남겼다.

조명리 「설악산 가는 길에…」

1697(숙종 23)~1756(영조 32)

설악산(雪岳山) 가는 길에 개골산(皆骨山) 중을 만나

중더러 물은 말이 풍악(楓嶽)이 어떻더니.

이 사이 연(連)하여 서리 치니 때 맞은가 하노라.

'개골산'은 겨울 금강산의 이름이다. 금강산은 철마다 이름이 따로 있다. 봄에는 금강산, 여름에는 봉래산, 가을에는 풍악산, 겨울에는 개골산이다.

금강산의 가을 절경을 문답식으로 표현한 시조로 구체적인 설악산 노정도 함께 제시하고 있다. 설악산 찾아가는 길에 마침 금강산에서 오는 중을 만났다. 중에게 '가을 금강산의 경치가 어떠하뇨' 하고 물었더니 '요즈음 계속해서 서리가 내리니 때가 알맞은가 하오'라고 대답했다. 설악산을 가는 길인데 중을 보니 그 너머 금강산 경치가 궁금했던 모양이다.

이 시조에는 적당한 거리를 유지하며 바라볼 뿐 세계에 나의 어떤 감

정도 개입되어 있지 않고 묻고 대답하는 문장으로만 제시되어 있다. 그만으로도 독자들은 세계를 충분히 짐작할 수 있고 상상할 수 있다.

> 성진(城津)에 밤이 깊고 대해(大海)에 물결칠 제
> 객점고등(客店孤燈)에 고향(故鄕)이 천리(千里)로다.
> 이제는 마천령(摩天嶺) 넘었으니 생각한들 어이리.

'성진'은 함경북도에 있는 지방 이름이고 '마천령'은 함경남도 단천과 함경북도 성진 사이 도계에 있는 재이다. 성진에 밤이 깊어지고 바다 물결이 들이칠 제 객창의 쓸쓸한 등불을 바라보자니 고향은 천 리밖에 있다. 마천령을 넘었어도 아직도 갈 길은 멀고 고향이 가까워올수록 마음은 더욱 급하다. 고향 생각이 절로 나는 것을 어찌할 것인가.

1735년 지평 이태중이 왕의 미움을 사 유배당한 사건이 있었다. 조명리는 일찍이 그를 한림직에 추천한 적이 있었는데 그 이유 때문에 함께 관직이 삭탈되었다. 그 후 교리로 복직되기는 했으나 소론 이광좌의 당으로 지목되어 2년간 성진에서 유배 생활을 보내야 했다. 이 시조는 유배에서 풀려나 귀경할 때쯤 자신의 심회를 풀어낸 것으로 짐작된다.

> 해 다 져 저문 날에 지저귀는 참새들아.
> 조그마한 몸이 반(半) 가지도 족(足)하거늘
> 어떻다 크나큰 덤불을 새워 무엇 하리오.

참새들을 통해서 이권에 골몰하는 소인배들을 경계한 당시의 정치

풍토를 풍자한 시조이다. 해 다 저문 날에 지저귀는 참새들아. 몸이 작아 반쪽 가지만도 족한데 무엇하러 큰 덤불 같은 이권이나 세력을 부러워하고 시기하느냐. 참새들은 왜소한 몸짓에 맞는 작은 가지에 앉으면 그것으로 족한 것이지 자신의 역량을 모르고 큰 것만을 바라보고 있으니 그 세태를 지적하고 있는 것이다.

권력이나 이권에 대한 끝없는 욕심은 예나 지금이나 다를 바 없다. 자신의 분수를 지키라는 경계를 삼아도 좋을, 우리의 현실을 되돌아보게 되는 시조이다.

김수장은 조명리 작품을 "사의선명 안개활연(辭意鮮明 眼開闊然)", 즉 뜻이 선명하고 마치 눈앞이 활짝 열리는 듯하다고 평했다. 그는 이렇게 선명한 이미지로 상상을 자극, 함축적인 의미를 가진 수준 높은 작품을 썼다. 글씨에도 뛰어났으며 문집으로 『도천집』이 있다. 시조 4수가 전하고 있다.

위백규 「돌아가자 돌아가자…」

1727(영조 3)∼1798(정조 22)

돌아가자 돌아가자 해 지거든 돌아가자
계변에 손발 씻고 호미 메고 돌아올 제
어디서 우배초적(牛背草笛)이 함께 가자 배아는고

　「농가9장(農歌九章)」 중 여섯 번째 노래 '석귀(夕歸)'이다. 이 「농가9
장」은 영・정조 때의 실학자 위백규의 연장체 시조로 농촌의 하루 일
과를 시간대별로 노래한 작품이다. 조출(朝出)・적전(適田)・운초(耘
草)・오게(午憩)・점심(點心)・석귀(夕歸)・초추(草秋)・상신(嘗新)・음사
(飮社) 등 각 수마다 별도의 제목을 붙였다.

　돌아가자 돌아가자 해 지거든 돌아가자. 시냇가에서 손발 씻고 호미
메고 돌아올 때 어디서 목동의 풀피리 소리는 함께 가자고 재촉하는고.
하루 일을 마치고 흥겹게 집으로 돌아오는 농부의 마음을 율동감 있게
표현하고 있다. 자연을 관념적으로 예찬한 사대부 작품과는 달리, 사대
부 신분이면서 농촌의 실상을 구체적으로 현장감 있게 그려내고 있다.

위백규는 조선 후기의 문신으로 본관은 장흥, 호는 존재이다. 어려서부터 학문에 열중하였으며 10대에 이미 박학의 경지에 이르렀다. 천관산의 문중 재실인 장천재에서 스승 없이 독학하다 25세경 병계 윤봉구를 만나 그 문하에서 경서·의례·이기심성론 등 학문적 계도를 받았다. 39세 때에 과거 공부를 단념하고 방촌마을로 돌아와 사강회(社講會)를 통해 문중 사회를 일신하고자 노력하였다. 연시조 「농가 9장」은 농업을 자영하는 이러한 활동 속에서 나온 작품이다.

> 차가운 굴뚝에 피는 연기는 붉은 느릅나무 삶는 것이네
> 촌사람의 생활은 정말 개탄스럽고
> 지금 나라의 곡식은 떨어졌건만
> 고기 먹어 배부른 벼슬아치들은 아무 생각이 없네

위백규의 구황식물 연작시 중 「유근(楡根)」이다. '유근'은 가난한 집에서 끓여 먹던 느릅나무 뿌리이다. 존재는 장흥의 방촌마을에 살면서 당시 현실을 이렇게 세세하고 적나라하게 비판하였다.

69세 때 정조의 부름을 받고 「만언봉사」를 올렸다. 옥과현감을 제수받아 이상정치를 펼쳐보려 했으나 뜻을 이루지 못하고 고향으로 돌아와 와병 1년여 만에 졸했다.

장흥의 위백규는 순창의 신경준, 고창의 황윤석과 더불어 조선 후기 호남 세 천재 실학자로 불리운다. 저서로 『정현신보』 『만언봉사』 『환영지』 등이 있다. 『정현신보』는 사회 모순을 비판하고 개혁방안을 제시한 저술이다. 저자의 정치 철학과 실학사상을 가장 잘 대변하는 것으

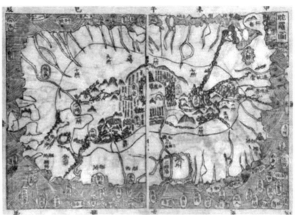

목판본 『환영지』의 팔도총도

사진 출처 : 국립민속박물관

목판본 『환영지』의 탐라도

사진 출처 : 국립민속박물관

로 당시의 사회 현상의 시폐에 대해 자신의 견해를 조목조목 피력한 저술이다. 『환영지』는 1770년에 저술한 조선 팔도 및 중국, 일본, 유구의 지도와 지지, 천문, 제도 등을 기록한 책이다.

특히 조선팔도총도는 독도(于山島)를 울릉도보다 크게 표기하면서 독도의 존재를 강조하고 있다. 독도 옆에 표기된 '이도(夷島)'는 일본의 북해도를 말하는 데 "일본에 속하며 이들은 야인에 가깝다"고 서술해놓기도 했다. 왜곡된 역사를 바로잡을 수 있는 또 하나의 사료이다.

김홍도 「춘수에 배를 띄워…」

1745(영조 21)~1806?(순조 6)

춘수(春水)에 배를 띄워 가는 대로 놓았으니
물 아래 하늘이요 하늘 위에 물이로다.
차중(此中)에 노안(老眼)에 뵈는 곳은 무중(霧中)인가 하노라.

봄이 왔다. 겨우내 얼었던 얼음이 풀려 강물이 많이도 불었다. 강물
에 배를 띄워놓고 가는 대로 맡겼다. 배 위에서 강물을 바라보니 물 아
래는 하늘이요 하늘 위에는 물이다. 요즈음 늙은 눈에 뵈는 꽃은 안개
속인가 하노라.

여기서 두보의 7언 율시 「소한식주중작(小寒食舟中作, 한식 다음날 배 안에
서 짓다)」의 3, 4행을 잠깐 살펴보자.

봄물에 뜬 배 하늘 위에 앉은 듯하고
노년에 보는 꽃은 안개 속인 듯 희뿌옇게 보이네
春水船如天上坐(춘수선여천상좌)

老年花似霧中看(노년화사무중간)
　　　─ 송명호 역

김홍도는 이 시를 모티프로 하여 시
조 한 수를 지었으리라 생각된다.

그가 그린 〈주상관매도(舟上觀梅圖)〉
는 죽음을 앞둔 두보의 삶을 표현한 그
림인데 화제로 바로 이 두보의 시 한 구
절 '老年花似霧中看(노년화사무중간)'이
행서체로 쓰여 있다. 아마도 위 시조를
짓고 흥취가 남아 그림을 그렸을 것이
다. 시조가 곧 그림이요 그림이 곧 시조
였다.

단원 김홍도는 영·정조의 문예부흥
기에서 순조 연간 초까지 활동한 조선
제일의 풍속화가이다. 어린 시절 강세

김홍도 〈주상관매도〉

황의 지도를 받아 그림을 그렸고, 그의 추천으로 도화서 화원이 되어
정조의 신임 속에 당대 최고의 화가로 자리를 잡았다. 산수, 인물, 불
화, 화조, 풍속 등은 물론 모든 장르에 능했으며 특히 산수화와 풍속화
에 뛰어났다. 시조 2수가 전해지고 있다.

　　　먼 데 닭 울었느냐 품에 든 님 가려 하네.
　　　이제 보내고도 반 밤이나 남았으니

차라리 보내지 말고 남은 정을 펴리라.

먼 데 닭이 울었느냐. 품에 든 님이 가려 하는구나. 이제 님을 보내고
도 밤이 반이나 남았으니 차라리 보내지 말고 남은 정을 나누고 싶구
나. 새벽에 님은 그의 품을 떠났나 보다. 혼자 보내는 시간이 아쉬워 아
침까지 함께 있고 싶었나 보다. 정도 그리 많았나 보다.

삼십 대에 김홍도는 "그림을 구하는 자가 날마다 무리를 지으니 비단
이 더미를 이루고 찾아오는 사람이 문을 가득 메워 잠자고 먹을 시간도
없을 지경이었다"는 말이 전할 만큼 그림으로 높은 이름을 얻었다고 한
다. 조희룡의 『호산외사』에 김홍도의 유명한 일화 한 도막이 전한다.

집이 가난하여 더러는 끼니를 잇지 못하였다. 하루는 어떤 사
람이 매화 한 그루를 파는데 아주 기이한 것이었다. 돈이 없어 그
것을 살 수 없었는데 때마침 돈 3천을 보내주는 자가 있었다. 그
림을 요구하는 돈이었다. 이에 그중에서 2천을 떼내어 매화를 사
고, 8백으로 술 두어 말을 사다가는 동인들을 모아 매화음(梅花
飮)을 마련하고, 나머지 2백으로 쌀과 땔나무를 사니 하루의 계책
도 못 되었다.

그는 이렇게 낭만적인 예술가였지 생활력이 있는 가장은 아니었던
것 같다. 단원은 화가이기도 했지만 시 · 서에도 능했고 또한 소문난 음
악가이기도 했다. 아름다운 풍채에 도량도 크고 넓어 작은 일에 구애되
지 않아 사람들이 그를 가리켜 신선 같다고도 하였다.

제1부 조선 후기 가객들의 시조

신헌조 「이 몸 나던 해가…」

1752(영조 28)～1807(순조 7)

이 몸 나던 해가 성인(聖人) 나신 해올러니

존고년(尊高年) 삼자은언(三字恩言) 어제런 듯하건마는

어찌타 이 몸만 살아 있어 또 한 설을 지내는고.

충을 노래한 시조이다. 정조 임금에 대한 추모의 염을 담았다. 신헌
조는 자신과 임금이 같은 해에 태어난 것을 남다른 인연으로 생각하
고 있다. 정조가 그에게 내린 '존고년' '삼자은언'의 말씀이 아직도 기
억에 생생한데 어찌하여 이 몸만 살아 또 한 번의 설을 지내고 있는가.
'존고년'은 '나이가 많은 노인을 공경한다'는 뜻으로 중국 송나라 때의
사상가 장재(張載)의 「서명」 한 구절이다. 임금은 49세에 죽고 자신만
이 살아서 또 한 해를 보낸다고 한탄하고 있다.

시하(侍下) 적 작은 고을 전성(專城) 효양(孝養) 부족터니

오늘은 일도방백(一道方伯) 나 혼자 누리는고

삼시(三時)로 식전방장(食前方丈)에 목 맺히어 하노라

효를 노래한 시조이다. '시하'는 부모님을 뫼시고 있을 때를, '전성'은 지방관을 말한다. '일도방백'은 한 도의 관찰사를, '식전 방장'은 사방 열 자의 상에 잘 차린 음식을 말한다.

부모님 모시고 있을 때는 지방의 성주여서 부모님 공양에 어려움이 많았는데 이제는 도의 수장이 되어 그 영화를 부모님 없이 나 혼자 누리는구나. 끼니마다 호사스러운 음식을 대하니 부모님 생각에 절로 목이 메어 넘어가지 않는구나.

그는 42세에 부친상을 당했고 51세에 강원도 관찰사가 되었다. 지방관으로 근무할 때에는 부모님을 모시고 있었지만 도를 다스리는 일도방백이 된 지금, 이미 부모는 세상을 떠났으니 효도하고 싶어도 효도를 할 수 없었다. 제대로 효양을 하지 못한 지난날의 아쉬운 심경을 노래했다.

그의 시조 25수 중 충효를 노래한 것이 7수나 된다.

정조가 세상을 떠나기 전 해 1799년 대사간 신헌조가 권철신과 다산의 형인 정약종을 천주교도라는 죄목으로 처벌하라는 상소를 올렸다. 그러나 정조는 신헌조의 품계를 박탈했다. 이후 서학 사건을 다시는 거론하지 말도록 했다. 주축 인물은 공서파 신헌조였다. 공서파는 서학 전반에 대해 비판적인 태도를 취하는 무리를 말한다. 정약용은 병을 이유로 관직에서 물러났다. 신헌조는 유학의 가르침에 따라 철저하게 산 사람으로 유학 외의 서학을 용인할 수 없었던 모양이다.

정조가 서거한 이듬해인 1801년에 임금을 애도하면서 지은 또 한 수의 시조를 소개한다.

> 성명(聖明)이 임(臨)하시니 시절이 태평이라.
> 관동(關東) 팔백 리에 할 일이 바이 없다.
> 두어라 황로청정(黃老淸淨)을 베퍼볼까 하노라.

새 임금(순조)이 밝은 정치를 해서 태평시절이라. 강원도에 별일이 전혀 없네. 두어라 늙은이의 청정한 마음을 베풀어볼까 하노라.

강원 목민관으로 부임해 백성에게 선정을 베풀려고 했으나 부임 이듬해 횡성 민가에 불이나 창고에 쌓아둔 곡식 9백여 석이 타버렸다. 다음 해는 강원도 여러 고을에 불이 나 혹심한 어려움을 겪었다. 그로 인해 조정의 탄핵을 받아 유배되었다. 이듬해에 풀려나 55세에 대사간이 되었으나, 권유(權裕)의 옥사에 관련된 상소로 삭직되어 다음 해에 죽었다. 세상은 만만한 게 하나도 없다. 최선을 다했으면 그로서 족한 것이다.

그는 12수나 되는 많은 장시조를 남겨놓았다. 여기에는 서발(序跋) 없이 작품만 수록되어 있다.

> 각시네 더위들 사시오 일은 더위 느즌 더위 여러 해포 묵은 더위
> 오륙월(五六月) 복(伏) 더위에 정(情)에 님 만나이셔 달 발근 평상(平牀) 우희 츤츤 감겨 누엇다가 무음 일 하엿던디 오장(五臟)이 번열(煩熱)하여 구슬땀 흘리면서 헐덕이난 그 더위와 동지달 긴 긴 밤의 고은 님 품의 들어 다스한 아람목과 둑거온 니블 속에 두 몸이 한 몸 되야 그리져리하니 슈죡(手足)이 답답하고 목굼기 타

올 적의 웃목에 찬 슉늉을 벌덕벌덕 켜난 더위 각시(閣氏)네 사려
거든 소견(所見)대로 사시압소
  쟝사야 네 더위 여럿 듕에 님 만난 두 더위난 뉘 아니 됴화하리
남의게 파디 말고 브대 내게 파라시소

더위 팔기를 제재로 성애를 묘사한 장시조이다. 대화체 형식으로 되
어 있다. 여기에서 더위를 사는 사람은 각시네이다. 더위 팔기는 정월
대보름날 아침 만나는 사람에게 '내 더위, 내 더위' 하며 더위를 파는
세시풍속이다.

한여름 복날에 평상 위에서 벌이는 남녀의 애정으로 해서 생기는 더
위와 한겨울 동짓날 긴긴 밤 이불 속 애정으로 해서 생기는 더위 중에
서 소견대로 사시라는 것이다. '번연'은 '온몸이 열이 나고 가슴이 답답
한 것'을, '목굼기'는 '목구멍'을 말한다.

각시는 님 만난 이 두 더위는 남에게 팔지 말고 부디 내게 팔라고 한
다. 인간의 본원적 욕구인 성 문제를 직설적으로 표현했다.

    셋괏고 사오나온 져 군로(軍牢)의 쥬정보소
    반룡단(半龍丹) 몸똥이에 담벙거지 뒤앗고셔 좁은 집 내근(內
近)한대 밤듕만 들녀들어 좌우(左右)로 츙돌하여 새도록 나드다
가 제라도 긔진(氣盡)턴디 먹은 탁쥬 다 거이네
    아마도 후쥬(酗酒)를 잡으려면 져놈브터 잡으리라

이도 성행위에 대한 묘사이다. '셋괏다'는 '아주 드세다'는 의미이며
'군로'는 '죄인 다루는 일을 맡아보는 조선시대 군대의 병졸'을 말한

다. 굳세고 사나운 군졸은 남자의 성기를 비유한 것이며 그것이 주정을 부린다는 것이다. 반룡단 몸뚱이에 덤벙거지 뒤로 젖힌 모습 역시 남자의 성기를 해학적으로 표현한 것이다. '반령단'은 '반령착수'로 좁은 소매에 붉은 깃을 단 옷을 말한다. 좁은 집의 내밀한 곳도 물론 여성의 성기를 지칭한 것이다. 좁은 집의 내밀한 곳으로 달려들어 행패를 부리다가 기진맥진해 먹은 탁주를 토하고서 주정을 부리는 놈이니 저놈부터 잡아야 한다고 했다. 탁주는 막걸리 빛깔인 남자의 정액을, 후주는 술에 취해 정신없이 술주정하는 것을 뜻한다. 술 취한 군로의 행패를 제재로 해서 남녀의 성행위를 해학적으로 표현했다.

이 두 시조는 신헌조의 시조집 『봉래악부』에 나오는 장시조로 강원도 관찰사 재임 시절(1802~1807)에 창작된 것으로 추정된다. 『봉래악부』는 각 작품들을 가곡의 5장 형식으로 구분하여 수록하고 있다. 음악 연행을 염두에 두고 창작된 것임을 알 수 있다.

당시는 성리학의 틀에 갇혀 성에 대한 담론이 금기시되었던 시대였으나 많은 장시조 작품들에게서 성적인 표현을 볼 수 있다. 19금의 노랫말들이 그리 낯설지 않은 것은 오늘날의 일만은 아닌 모양이다.

박효관 「님 그린 상사몽이…」

1781(정조 5)~1880(고종 17)

님 그린 상사몽(相思夢)이 실솔(蟋蟀)의 넋이 되어
추야장(秋夜長) 깊은 밤에 님의 방에 들었다가
날 잊고 깊이 든 잠을 깨워볼까 하노라

대표적인 사랑과 이별의 시조이다. 님 그리워 꾸는 꿈이 귀뚜라미 넋
이 되어 추야장 깊은 밤 님의 방에 들어가 날 잊고 깊이 든 님의 잠을 깨
워보겠다는 것이다. 귀뚜라미 울음소리에 잠 못 이루는 화자의 애절한
모습이 눈에 선하다.

그리운 님을 어찌 하면 만나볼 수 있을까. 님은 무정하게도 나를 잊
고 깊은 잠에 빠져 있다. 아니, 그럴 리가 없다. 밤을 새워 우는 저 귀뚜
라미는 잠든 님을 깨우려고 슬피 울어대는 것이 아닌가.

귀뚜라미는 쓸쓸함과 외로움, 그리움의 소재이다. 님은 그리움에 잠
을 못 이루는데 님은 여기에 없으니 꿈길밖에, 귀뚜라미 넋으로밖에 달
리 길이 없다. 그래야 잠든 님의 방에 들어가 깨울 수 있지 않겠는가.

지금도 중허리시조로 부르고 있는 섬세하고도 아름다운 곡이다. 초장에서 평시조의 선율로 부르다가 중장에 가서 감정을 고조시켜 섬세하고도 청아하게 높여 부른다. 종장에 가서는 평시조 곡조로 숨을 고르며 마친다.

박효관(1781~1880)은 고종 때의 가객으로 제자 안민영과 더불어 『가곡원류』를 편찬했다. 남창부 665수, 여창부 191수로 총 856수의 시조 작품을 싣고 있다.

『가곡원류』의 발문에는 같은 시기에 아무 근거가 없는 잡요가 유행함으로써 정음(正音)이 사라질까 개탄할 지경에 이르렀다고 말하면서 군자의 정음을 회복할 것을 주장했다. 사설시조를 짓지 않고 평시조만 지은 것도 그의 시가관이 어떠한지를 엿볼 수 있는 대목이다.

박효관은 흥선대원군으로부터 운애라는 호를 받았으며 노인계와 승평계라는 가단을 조직, 문학과 음악 발전에 크게 이바지하였다. 안민영은 『금옥총부(金玉叢部)』 서문에서 박효관에 대해 다음과 같이 말하고 있다.

운애 박 선생은 평생 노래를 잘하여 당세에 이름을 날렸다. 매양 물 흐르고 꽃 피는 밤이나 달 밝고 바람 맑은 때이면 금준을 받들고 단판을 두드리며 목을 굴려 소리를 하였는데 유량하고 청월하여 들보 위의 먼지가 날고가던 구름이 멈추는 것도 느끼지 못할 정도였다. 비록 옛 이구년의 뛰어난 재주라도 여기에 더할 것이 없었다. 이 때문에 교방과 구란의 풍류재사와 야유사녀들이 그를 추종하지 않음이 없었으며 이름과 자를 부르지 않고 박 선생이라 칭하였다. 이때 곧 우대에 모모의 여러 노인들이 있었는데 역시 모두 당시의 이름 있는 호걸지사들인지라, 계를 맺어 '노인계' 라 하였다. 또 호화부귀자와 유일풍소인들이 있어 계를 맺고는 '승평계' 라 하였는데 오직 연락을 즐김이 일이었으니 선생이 실로 그 맹주였다.

시조 15수가 전하고 있으며 그의 가곡창은 하준권, 하규일을 거쳐 오늘에 전하고 있다. 사랑과 이별의 노래, 그의 가편 한 수 더 소개한다.

공산에 우는 접동 너는 어이 우짖는다
너도 날과 같이 무슨 이별 하였느냐
아무리 피나게 운들 대답이나 하더냐

효명세자 「금준에 가득한 술을…」

1809(순조 9)~1830(순조 30)

금준(金樽)에 가득한 술을 옥잔에 받들고서
심중에 원하기를 만수무강 하오소서
남산이 이 뜻을 알아 사시상청(四時常靑)하시다

순조의 40세 탄신연에서 부왕의 만수무강을 기원한 효명세자의 축수가(祝壽歌)이다.

금항아리에 가득한 술을 옥잔에 받들어 올리면서 마음속으로 원하나니 만수무강하옵소서. 남산이 이 뜻을 알아 사계절 언제나 푸른빛을 띠고 있으시다.

순조는 안동 김씨 김조순의 딸을 왕비로 맞아들였다. 이때부터 안동 김씨의 본격적인 세도정치가 시작되었다. 세도정치는 순조·헌종·철종 대까지 60여 년간 계속되었다.

효명세자는 조선 제23대 국왕 순조와 순원왕후 김씨의 맏아들로 3세 때 왕세자로 책봉되었다. 안동 김씨의 세도정치에 시달리던 순조는 돌

인릉 · 조선 제23대 왕 순조와 비 순원왕후 김씨를 합장한 무덤. 사적 제194호, 서울특별시 서초구 내곡동 소재.

사진 출처 : 국립문화재연구소

파구가 필요하다고 생각하여, 1819년 영돈녕부사 조만영의 딸을 세자빈으로 맞아들였다. 풍양 조씨 가문이 안동 김씨의 세도를 견제할 수 있는 대안이라고 생각한 것이다. 순조는 세도정치의 폐해를 타개하기 위해 개혁 성향을 지닌 효명세자에게 대리청정을 맡겼다.

> 왕세자께서는 뛰어난 덕망이 날로 성취되고 아름다운 소문이 더욱 드러나게 되니, 목을 길게 늘이고 사랑하여 추대하려는 정성은 팔도가 동일합니다. 지금 내린 성상의 명을 삼가 받들되 … 신 등은 기뻐서 발을 구르며 춤출 뿐입니다
>
> —『순조실록』 순조 27년 2월 9일

조정의 신하들은 덕망이 있는 세자의 정치 혁신에 큰 기대를 걸었다. 그러나 효명세자는 그 뜻을 펴지 못하고 왕위에 오르기도 전에 22세의 젊은 나이로 세상을 떠났다. 3년 3개월간의 짧은 대리청정이었다. 순조

와 효명세자는 기울어져가는 조선을 살려보고자 했으나 그 꿈은 이렇게 물거품이 되고 말았다.

세자는 짧은 생애에도 문학과 예술에서 남다른 재능을 보였다. 『경헌시초(敬軒詩抄)』 『학석집(鶴石集)』 등 여러 문집들을 남겼는데 거기에는 시조 9수와 「목멱산(木覓山)」 「한강(漢江)」 「춘당대(春塘臺)」 등의 국문 악장을 비롯 400여 편의 시가 수록되어 있다.

세자는 상당수의 악장과 가사를 지었으며, 특히 궁중 무용인 정재무(呈才舞) 창작은 획기적인 업적으로 평가받고 있다. 〈춘앵무〉는 효명세자가 모친 순원왕후의 40세 탄신을 축하하기 위해 지은 향악정재(鄉樂呈才)의 하나이다. 세자가 어느 화창한 봄날 아침 버드나무 가지 사이를 날아다니며 지저귀는 꾀꼬리 소리에 감동, 이를 무용화한 것으로 지금까지도 전승되어오고 있는 춤이다.

세자는 부왕에 대한 효심이 남달랐다. 예악을 중시하는 덕망 있는 군주의 존재를 널리 알려 세도정치를 억제하고자 했으며 왕실의 위엄을 회복하고자 했다. 그의 이른 붕어로 그가 품었던 큰 꿈은 그만 역사의 뒤안길로 흔적없이 사라졌다.

효명세자의 축수가 한 수를 더 든다. 지금도 수연에 으레 이 시조창이 불리어지고 있다.

불로초로 빚은 술을 만년배에 가득 부어
잡으신 잔마다 비나니 남산수를
이 잔 곧 잡으시면 만수무강하오리라

안민영 「어리고 성긴 매화…」

1816(순조 16)~?

배화여자고등학교 뒤뜰에 바위 유적 하나가 있다. 좌측에 '필운대(弼雲臺)' 석각자가 있고, 중간에 제명, 우측에 박효관 외 아홉 명의 이름이 새겨져 있다. 조선 선조 때 백사 이항복의 옛 집터와 고종 때 『가곡원류』의 산실인 운애 박효관의 운애산방이 있었던 곳이다.

안민영의 「매화사」가 바로 이곳 운애산방에서 탄생했다.

어리고 성긴 매화 너를 믿지 않았더니
눈 기약(期約) 능(能)히 지켜 두세 송이 피었구나
촉(燭) 잡고 가까이 사랑할 제 암향(暗香)조차 부동(浮動)ᄒ더라.

「매화사」 8수 중 둘째 수이다. 어리고 드문 매화 가지, 너를 차마 믿지 아니하였더니 눈이 올 때 핀다던 그 약속 꼭 지켜 두세 송이 피었구나. 촛불을 들고 너를 바라 사랑할 때 그윽한 향기가 은은하게 떠도는구나. 매화를 향한 영탄의 노래라 하여 영매가(詠梅歌) 혹은 영매사(詠梅

운애산방 · 필운대 바위에 새겨진 박효관의 이름. 필운대 바위에 새겨진 박효관의 이름 석 자가 오른쪽 둘째 줄에 보인다. 동추는 동지중추부사의 준말이다. 박효관이 필운대 일대에서 몇십 년 풍류를 즐기다 세상을 떠난 뒤 그가 활동하던 운애산방 역시 배화학당이 들어서면서 흔적도 없이 사라졌다. 지금은 이곳에 배화여고와 과학관이 들어서 있고, 과학관 뒤 필운대 바위에는 박효관 이름 석 자만 남아 있다.

사진 출처 : 서울역사박물관

詞)라고 부르기도 한다. 여러 이본에도 실려 있어 당시 널리 가곡으로 가창되었음을 알 수 있다.

안민영의『금옥총부』6에 「매화사」의 창작 배경이 전하고 있다.

경오년 겨울(1870, 고종 7)에 나는 운애 박 선생 경화, 오 선생 기여, 평양 기생 순희, 전주 기생 향춘과 더불어 필운산방에서 노래와 거문고를 즐겼다. 박 선생이 매화를 매우 좋아하여 손수 새 순을 가리어서 책상 위에 올려놓았는데 그즈음 몇 송이가 반쯤 피어 그윽한 향기가 떠다녔다. 이로 인해 「매화사」를 지었으니 우조 1편 8절이다.

박 선생은 안민영의 스승 박효관을 말한다. 그의 집은 필운대 근방 호림원에 있었으며, 여기에 운애산방을 열고 노인계, 승평계 등 계회를 조직, 풍류방을 운영했다. 1연 초삭대엽, 2~5연 이삭대엽계(중거·평거·두거는 이삭대엽의 19세기 파생곡임), 6연 삼삭대엽, 7~8연(소용·우롱)의 4단으로 구성되어 있다. 이 작품이 8곡인 것은 가곡의 우조 한바탕 순서를 따라 8연으로 창작되었기 때문이다.

전부 단시조이나 제7연만은 장시조이다. 사설시조를 주로 부르는 소용이란 악곡에 얹어 불렀기 때문이다.

> 저 건너 나부산(羅浮山) 눈 속에 검어 웃뚝 울통불통 광대 등걸아
> 네 무삼 힘으로 가지(柯枝) 돗쳐 꼿조차 져리 퓌엿난다
> 아모리 석은 배 반만 남아슬망정 봄 뜻즐 어이하리오

저 건너 나부산 눈 속에 검게 우뚝 선 울퉁불퉁한 매화 등걸아, 네 무슨 힘으로 가지가 돋아 꽃조차 저리 아름답게 피었는가. 아무리 썩은 배가 반만 남았다 해도 오는 봄을 어찌 막을 수 있겠는가.

'나부산'은 중국의 명산으로 수나라 조사웅이 이곳에서 어떤 여인을 만나 즐겁게 지내다 깨어보니 매화나무 밑이었다는 고사에 등장한다. 나부산의 늙은 매화는 노대가 박효관, 오기여의 아취를 풍류적으로 드러낸 것이다.

「매화사」의 7연에 와 사설시조가 등장하면서 갑자기 시적 대상이나 소재가 이질적으로 변화된다. 소용이라는 악곡적 특성 때문이다.

「매화사」는 노랫말과 악곡이 적절하게 조화된 하나의 연시조로 조선

전기 사대부들의 연시조와는 분명 달리 구분된다.

> 그려 걸고 보니 정녕(丁寧)헌지라만은
> 불너 대답 업고 손쳐 오지 아니하니
> 야속타 조물(造物)의 시기(猜忌)허미여 혼(魂)을 아니 붓칠 줄이

그래서 벽에 걸어놓고 보니 실제와 똑같다고 하지만 불러도 대답이 없다. 그녀는 손뼉을 치며 오지 않으니 야속도 하다. 조물주의 시기함이여, 그것은 혼을 붙이지 않은 까닭이 아니겠는가.

안민영이 사랑한 강릉 기생 홍련을 그리워한 시조이다.

홍련은 여주의 양가집 딸로 자색이 매우 뛰어났다. 꾐에 빠져 서울로 올라왔다가 뜻과는 달리 기적에 잘못 들었다. 안민영은 그런 그녀를 사랑해 만년을 함께 보내자고 약속했는데 그렇지를 못했다. 잊지 못해 그녀의 모습을 그려 벽에 걸어놓아 매일매일 바라보았다. 결국은 뜻을 이루지 못하고 그림을 태워버렸다.

> 월로(月老)의 불근 실을 한 발암만 어더내여
> 난교(鸞膠) 굿센 풀노 시운(時運)지게 부쳣스면
> 아무리 억만년 풍운인들 떠러질 줄 이시랴

'월로'는 월하노인을 가리킨다. 남녀 사이를 붉은 실로 이어주면 원수지간이라도 반드시 인연을 맺게 해준다는 중매의 신이다. '난교'는 '아교'를, '시운지게'는 '단단하게, 형편에 맞게'라는 뜻이다.

월하노인의 붉은 실 한 바람만 얻어서 아교처럼 단단한 풀로 제대로 붙였으면 아무리 오래 계속되는 비바람인들 떨어질 일이 있겠느냐. 홍련과 끝내 함께하지 못함을 한스럽게 여기고 있다.

> 엊그제 이별하고 말 업이 안젓으니
> 알뜨리 못 견딜 일 한두 가지 아니로다
> 입으로 닛자하면서 간장(肝腸) 슬어 하노라

엊그제 님과 이별했다. 말없이 앉아 있으려니 견디지 못할 일이 한두 가지가 아니다. 말로는 잊자 잊자 하면서도 간장은 애가 탄다. 홍련과 헤어지고 난 후 그의 심경이 그대로 드러나 있어 당시 작자의 안타까운 마음을 헤아려볼 수 있다.

1885년, 안민영이 70세 되던 해에 편찬된 것으로 보이는 개인 가집 『금옥총부』의 서문에서 스승 박효관은 제자를 다음과 같이 소개하고 있다.

> 구포동인(口圃東人) 안민영의 자는 성무 또는 형보이고, 호는 주옹이다. 구포동인은 국태공(國太公) 흥선대원군 이하응께서 내려주신 호이다. 성품이 본시 고결하고 운치가 있어 산수를 좋아했으며, 공명을 구하지 않고 호방하게 구름같이 노니는 것으로 일을 삼았다. 노래를 지음에 능했고, 음률에 정통했다

안민영은 서얼 출신의 가객으로 1876년 박효관과 함께 시가집 『가곡원류』를 편찬, 시조문학을 정리했다. 그의 개인 가집 『금옥총부』에는

제1부 조선 후기 가객들의 시조

180수의 시조가 전하고 있으며 그 가운데 가곡원류계 가집에 다른 작자로 표기된 작품을 제외하면 안민영의 자작 작품은 100수 정도로 추정된다. 작품 뒤에는 작품에 대한 해설이 부기되어 있어 시조를 짓게 된 동기를 알 수 있다. 안민영은 고시조 작가 중 가장 많은 시조를 남긴 시인이다.

『금옥총부』는 이세보의 『이세보 시조집』과 함께 그 의의가 주목되고 있는 개인 가집이다. 180수를 곡조에 의해 분류하고 각 수마다 창작 동기와 날짜, 장소 등을 기록해놓았다. 등장하는 기생만도 43명이나 되었으며 이들에 대한 애정 시조도 60여 수가 넘는다.

> 차차(嗟嗟) 능운(凌雲)이 기리 가니 추성월색(秋城月色)이 임자(任者) 없네
> 앗츰 구름 저녁 비에 생각(生覺) 겨워 어이헐고
> 문(問)나니 청가묘무(淸歌妙舞)를 뉘게 전(傳)코 갓느니

슬프다. 능운이 영영 갔으니 가을 성곽을 비추는 달빛은 임자가 없구나. 아침에 구름이 끼고 저녁에 비가 내리니 너에 대한 그리움을 어찌할까나. 묻나니 맑은 노래, 뛰어난 춤 솜씨를 누구에게 전하고 갔느냐.

안민영은 담양 기생 능운이 아주 가니 호남의 풍류는 이로 인해 끊어졌다며 한탄했다. 능운은 자가 경학으로 순창의 금화, 칠원의 경패, 진주의 화향과 더불어 이름을 날렸다. 가무에서는 그중 능운이 으뜸이었다.

두견(杜鵑)의 목을 빌고 꾀꼬리 사설(辭說) 꾸어

공산월(公山月) 만수음(萬樹陰)의 지저귀며 우럿스면

가슴에 돌 갓치 매친 피를 푸러볼가 하노라

두견새 목소리 빌리고 꾀꼬리 재잘대는 말 꾸어다, 달이 뜬 텅 빈 산과 우거진 온갖 나무그늘에서 지저귀며 울 수 있다면 가슴에 맺힌 돌 같은 한을 풀어볼 수 있으련만.

안민영은 여러 해 동안 능운과 깊이 사귀었다. 서로 떨어져서는 이렇게 쌓인 회포가 많았다.

벽상(壁上)에 봉(鳳) 그리고 머뭇거려 도라셜졔

압길을 헤아리니 말머리에 구름이라

잇따에 가업슨 나의 회포는 알니 업서 허노라

벽에다 봉황을 그리고 머뭇거리며 돌아설 때 앞길을 헤아리니 말머리 앞에는 구름, 헤아리기 어렵구나. 이때 끝없는 나의 회포를 알 사람이 없는가 하노라. 많이도 보고 싶었는가 시조 밑에는 다음과 같은 주가 실려 있다.

내가 호남에 갈 때 순천에 가는 길로부터 광주를 경유하여 능운의 집에 도착하니 능운은 장성의 김 참봉의 청으로 어제 이미 떠났고 어미가 집에 있었다. 능운의 어미가 말하기를 "이제 장성에 사람을 보낸다면 내일 아침에 집에 돌아올 것이니 서로 만나보고 떠나는 것이 어떻겠느냐?" 하였지만 그러나 나의 돌아갈 기

약이 매우 바빠 잠시를 머뭇거릴 수가 없어 일정의 한스럽고 담
담한 심회를 말로 표현하기가 어려움을 알리고 노래 한 수를 적
어 능운의 어미에게 주고 돌아왔다.

기생에도 등급이 있었다. 일패 기생은 시재가무(詩才 歌舞)의 기생이
요, 이패 기생은 노래하고 술 따르는 기생이요, 삼패 기생은 몸을 파는
기생이다.

'낭중지추 기말입견(囊中之錐 其末入見) 도리불언 하자성로(桃李不言 下
自成路)'라 했다. 송곳은 주머니 속에 들어 있어도 그 끝이 삐져나오고, 복
사꽃 오얏꽃은 사람들을 부르지 않아도 절로 길이 난다는 것이다.

님께서 달이 뜨면 오신다더니	郎雲月出來
달이 떠도 님께서는 아니 오시네	月出郎不來
생각해보니 님 계신 그곳은	想應君在處
산이 높아 달도 늦게 뜨는가 봐	山高月上遲

능운의 시 「님 기다리며(待郎君)」이다. 노류장화라 한들 어찌 이런 기
다리는 여심이 없었겠는가. 누구를 기다렸는지 알 수 없으니 하, 이리
도 궁금하다.

아득한 구름 가에 숨어 발근 달 아니면
희미헌 안개 속에 반만 녈닌 꼿치로다
지금에 화용월태는 너를 본가 하노라

아득한 구름 끝에 숨어 있어 밝은 달이 아니면 어찌 볼 수 있겠느냐. 희미한 안개 속에 반쯤 피어 있는 꽃이구나. 지금에 꽃 같은 얼굴 달 같은 모습, 너를 보았는가 하노라. 그녀를 화용월태라 칭찬했다.

어느 날 안민영이 평양 모란봉에 올라 꽃구경을 하고 있었다. 멀리서 기생 혜란과 소홍이 꽃을 밟으며 걸어오고 있었다. 이에 시조 한 수 읊었다.

> 낙화방초로(洛花芳草路)의 깁 치마를 끄럿시니
> 풍전(風前)에 나난 꼿치 옥협(玉頰)에 부듯친다
> 앗갑다 쓸어올지연정 밥든 마라 하노라

꽃잎이 떨어지는 싱그러운 풀 무성한 길가. 비단 치마 쓸리듯 오니 바람에 흩날리는 꽃이 예쁜 뺨에 부딪치는구나. 아깝다. 쓸어서 담아 올지라도 밟지는 말아라. 일찍 눈을 찍어둔 모양이다.

평양에 있을 때 안민영은 혜란에게 정을 주었다.

> 병풍에 그린 매화 달 업스면 무엇하리
> 병간매월(屛間梅月) 양상의(兩相宜)는 매불표영(梅不飄零) 월불
> 휴(月不虧)라
> 지금예 매불표영 월불휴허니 그를 조히 너기노라

병풍에 매화, 달이 없으면 무엇하겠는가. 병풍 사이 매화와 달이 서로 어울리는 것은 매화는 바람이 불어도 떨어지지 아니하고 달은 시간이 흘러도 이지러지지 않기 때문이다. 지금의 매화가 바람이 불어도 떨

제1부 조선 후기 가객들의 시조

어지지 아니하고 달이 시간이 흘러도 이지러지지 아니하니 그것이 좋다는 것이다. 오래도록 너와 함께 어울리고 사랑하고 싶다는 마음을 병풍의 매화와 달에 비유해 노래했다.

세상도 세월처럼 흐르는 법. 안민영은 오래 머물 수 없는 몸이다. 이제 그녀 곁을 떠나야 한다.

> 님 이별하올 져귀 져는 나귀 한치 마소
> 가노라 돌쳐 셜제 저난 거름 안이런덜
> 꼿 아래 눈물 적신 얼골을 엇지 자세이 보리요

님과 이별할 때 다리 저는 나귀를 원망치 마라. 가겠다고 돌아설 때 쩔뚝이는 걸음이 아니었던들 꽃 아래 눈물 짓는 얼굴을 어찌 자세히 볼수 있겠는가.

혜란은 고종(1863~1907) 때의 평양 기생이다. 안민영은『금옥총부』(1885)에 그녀와의 이별을 이렇게 소개했다.

평양의 혜란은 색태가 뛰어난 것만이 아니라 난을 잘 치고 노래와 거문고를 잘해 성내에 소문이 자자했다. 내가 연호 박사준과 농막에 거처할 때 일이 있어 평양에 갔었다. 혜란과 더불어 7개월 동안 서로 따르며 정의로 사귐이 밀접해서 작별에 즈음에 미쳐 혜란은 나를 장림의 북쪽에까지 와서 송별하였다. 떠나고 머무르는 슬픔이 과연 스스로 억제하기 어려움뿐이더라
— 황충기,『고전문학에 나타난 기생시조와 한시』

눈이 아플 것같이 아름다운 혜란. 그녀도 난의 이름처럼 그리 아름다웠나 보다. 7개월 동안 정이 담뿍 들었으니 어찌 다리를 절게 되지 않을 수 있겠는가. 다리까지 저니 이별의 정한은 이리도 서러운 것이다.

우산(牛山)에 지는 해를 제경공(齊景公)이 우럿더니
공덕리(孔德里) 가을 다를 국태공(國太公)이 늣기삿다
아마도 고금영걸(古今英傑)의 강개심회(慷慨心懷)는 한가진가
하노라

우산에 지는 아름다운 해를 보며 제나라 제경공이 울었다더니, 공덕리의 가을 달을 대원군이 바라보며 느끼셨다. 예나 지금이나 영웅들이 느끼는 강개 심회는 한 가지인가 하노라.

중국 제나라 경공이 우산에서 노닐다 아름다움에 반해 자신이 언젠가는 죽을 것이라는 것을 깨닫고 슬피 울었다는 고사가 있다. 대원군을 이 제공경의 고사에 비겨 노래했다. 국태공은 대원군의 존칭이며 고금영걸은 제경공과 더불어 대원군을 지칭한 말이다.

『금옥총부』에 이런 기록이 있다.

석파대로께서 임신년 봄 공덕리에서 쉬시었다. 하루는 석양에 문인들과 기녀 및 공인들을 거느리고 방소처에 오르셨는데, 풍악을 크게 베풀고 권하며 즐기는 사이 해가 지고 달이 떠올랐다. 이에 위연히 탄식하여 이르기를, "내가 지금 오십여 세인데, 남은 해가 얼마이겠는가. 우리들은 역시 다음 생에서 한곳에 모여, 금세에서 다하지 못한 인연을 잇는 것이 또한 옳지 않겠는가!" 하시

제1부 조선 후기 가객들의 시조

니, 좌중의 사람들이 모두 얼굴을 가리고 눈물을 머금었다.

　이 작품이 지어진 임신년(1872)은 고종 9년으로 대원군이 섭정하던 시기이다. 대원군이 예인들과 더불어 풍류를 즐기다가 '내세' 운운하면서 탄식하는 말을 토로하자 좌중의 사람들이 눈물을 흘렸다는 내용이다.

　대원군은 정치적 격변 속에서 자신이 머지않아 실각하리라는 것을 예측하고 있었던 것일까. 그래서 안민영은 이런 시를 지었는지 모른다. 그는 대원군의 복잡다단한 심사를 그냥 넘길 수가 없었다. 현재의 치세가 태평성대라는 것을 널리 알리고 또한 왕실의 진연 의식에 버금가는 계회를 열어 대원군의 노고를 치하하고자 했다. 이를 하축하기 위해 모임을 결성했다. 이것이 승평계이다. 〈승평곡〉은 이를 기념하기 위한 축하 공연으로 12곡의 레퍼토리를 묶어 만든 곡이다. 이 곡은 현재 발굴된 가집 중 곡조별 분류 체계를 취한 가장 작은 개인 가집이다.

　고종이 즉위한 지 만 10년이 되는 1873년 하축연이 열렸다. 승평은 태평성대를 달리 표현한 말로 나라가 태평함을 의미하는 말이다. 그러나 그해 대원군은 최익현의 탄핵 상소를 계기로 모든 권좌에서 물러났다. 사실상 대원군의 실각이었다. 위 시조가 그것을 예언해준 셈이 되었다.

　〈승평곡〉 12곡은 전부가 대원군에 대한 헌사이다. 이 중 세 번째 곡 중거삭대엽을 소개한다.

　산행(山行) 육칠리(六七里)하니 일계(一溪) 이계(二溪) 삼계류(三溪流)ㅣ라

유정익연(有亭翼然)하니 흡사당년(恰似當年) 취옹정(醉翁亭)을
석양의 생가고슬(笙歌鼓瑟)은 승평곡(昇平曲)을 알왼다

초장은 깊은 산중에 자리 잡고 있는 삼계동의 위치를, 중장은 그 속
에 위치한 대원군의 정자가 바로 구양수가 이름을 붙였다는 취옹정과
흡사함을 말하고 있다. '유정익연'은 정자가 있어 날아갈 듯하다는 뜻
이고 '흡사당년'은 당년의 취옹정과 흡사하다는 말이다. '생가고슬'은
생황과 북 그리고 비파 소리를, '승평곡'은 태평곡을 말한다. 종장에서
는 승평계 하축연이 개최되는 상황을 형상화하고 있다.

이 연회에서 안민영을 비롯한 여러 예인들은 연회의 좌상객이었던
대원군을 위해 음악을 연주하며 태평성대 승평곡을 불렀던 것이다.

대원군은 1873년 모든 권좌에서 물러난 후 명성왕후와의 갈등으로
다시는 재기하지 못했다. 임오군란, 갑오개혁 등으로 은퇴와 재집권을
거듭했으나 끝내는 실각, 79세의 일기로 파란만장한 삶을 마감했다.

이하응 「휘호지면하시독고…」

1820(순조 20)~1898(고종 35)

휘호지면하시독(揮毫紙面何時禿)고 마묵연전필경무(磨墨研田畢竟無)라

묻노라 저 사람아 이 글 뜻을 능히 알따.

기인(其人)이 완이이소(宛爾而笑)하고 유유이퇴(唯唯而退) 하더라.

붓을 종이에 내두르니 어느 때나 모지라질까? 먹을 벼루에 가니 끝내는 닳아 없어지리라. 묻노라 저 사람아, 이 글의 뜻을 능히 아시겠는가. 그 사람이 빙그레 웃으면서 알았다고, '네네' 하며 물러가더라.

붓은 종이에 휘둘러도 부드러워 쉽게 몽당붓이 되지 않지만 딱딱한 먹은 벼루에 갈면 이내 닳아 없어진다. 원만한 사람은 자신을 보전할 수 있으나 모난 사람은 몸조차 거동하기 어렵다는 것을 말해주고 있다.

당시 안동 김씨의 세도는 하늘을 찔렀다. 안동 김씨들은 세력을 보전하기 위해 왕족들을 끊임없이 견제하였으며 왕의 재목으로 보이면 역

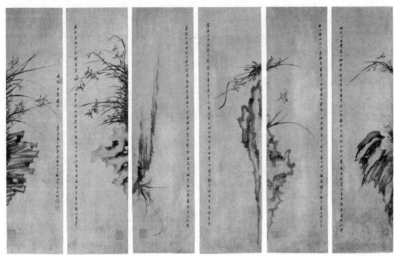

이하응의 〈묵란도십이폭병〉 일부

모의 누명을 씌워 죽이거나 멀리 귀양 보냈다. 건달 행세만이 이하응에게는 목숨을 보전하는 유일한 길이었다. 그는 파락호를 자처하며 궁도령, 상갓집 개라는 치욕적인 별명까지 들으면서 세도가들의 시선을 따돌렸다.

이하응은 추사 김정희에게서 묵란을 배워 일가를 이룬 사람이다. 그는 조용히 물러나 묵란을 치며 때를 기다리고 있었다. 얼핏 보면 묵란의 지난한 과정을 표현한 것 같지만 사실은 자신의 처지를 묵란에 빗대어 말하고 있다. 안동 김씨 세도정치가 언제면 다할 것인지, 그는 때가 오기를 간절히 바라고 있었던 것이다. 그가 살아온 고난의 세월이 이 시조에 고스란히 배어 있다.

불친(不親)이면 무별(無別)이요 무별(無別)이면 불상사(不相思)
라.

상사불견(相思不見) 상사회(相思懷)는 불여무정(不如無情) 불상
사(不相思)라.
　아마도 자고영웅(自古英雄)이 이로 백발(白髮).

　친하지 않다면 이별이 없고, 이별이 없다면 그립지도 않으리. 그리워
하면서도 보지 못하는 서로가 그리워하는 마음은, 그리워하지 않는 무
정함만 못하다. 아마도 옛날부터 영웅은 이 때문에 백발이 되었으리라.
　그가 중국 천진(天津) 보정부(保定府)에 유폐되었을 때 이국에서의 이
런저런 심사를 노래한 것으로 보인다. 만나보고 싶어도 만날 수 없으니
가족, 친지들이 몹시도 그리웠나. 영웅도 결국은 인간일 수밖에 없다는
것을 보여주고 있다. 앞부분에서는 정치권력을 잡기 이전의 심정을, 뒷
부분에서는 권력에서 실각한 유폐된 만년의 심정을 노래했다. 권력이
라는 것이 얼마나 허무한 것인가. 무엇이 삶의 가치인가를 두고두고 생
각해볼 수 있는 시조이다.
　이하응은 자는 시백, 호는 석파로 조선 26대 왕 고종의 생부이다. 고
종이 즉위하면서 대원군에 봉해지고 이어 섭정을 맡아 권력을 행사했
다. 안동 김씨의 숙청, 당파를 초월한 인재의 등용, 부패 관리의 척결,
서원의 철폐, 법률제도의 확립 등 중앙집권적 정치 기강을 수립하고,
혁명적 개혁 시책을 과감하게 단행했다. 그러나 국제 정세를 읽지 못하
고 천주교 탄압, 쇄국정책 등 그만 개화에 역행하는 정책을 펴는 실수
를 저질렀다. 결과적으로 세계사와 근대사의 흐름에 능동적으로 대응
하지 못해 근대화의 길을 지연시키고 말았다.
　명성왕후와 갈등을 빚었으며 임오군란, 갑오개혁 등으로 은퇴와 재

노안당 편액

집권을 거듭했으나 끝내는 실각하여 재기하지 못하고, 79세의 일기로 파란만장한 삶을 마감했다.

운현궁의 노안당은 대원군이 사랑채로 쓰면서 직접 정사를 돌보았던 곳이다. 편액에는 석파 선생을 위해 썼다는 문구가 있으나 이는 추사가 직접 쓴 것이 아니라 추사 글씨를 집자해서 만든 것이다.

이곳에서 인사 정책, 중앙 관제 복구, 서원 철폐, 복식 개혁 등 나라의 주요 정책들이 논의되었다. 임오군란 때 대원군이 청나라에 납치됐다 돌아와 은둔한 곳으로 대원군이 임종을 맞이한 건물이기도 하다.

이세보 「임이 나를 앗기시매…」

1832(순조 32)~1895(고종 32)

임이 나를 앗기시매 나도 임을 공경터니
은혜를 못다 갑고 나망(羅網)의 걸녓도다
언제나 인간의 어즈러운 말리 적어

'임'은 철종을 말한다. 임이 나를 아끼고 나도 임을 공경했는데 은혜를 다 갚지 못하고 그만 그물에 걸렸도다. 언제나 인간의 어지러운 말이 적어……

종장 끝 소절이 생략되어 있어 의미가 좀 불분명하다. 그물은 세도가 안동 김씨 일족을 말한다. 이 시조는 그 그물에 걸린 것을 한탄한다는 내용이다. 이세보의 작품들은 종장 넷째 소절이 생략되어 있어 그가 시조창에 익숙해 있었음을 알 수 있다. 또한 그의 작품에서 음률의 명칭과 악기, 기생·악사·가객들의 이름이 심심치 않게 나온다. 그가 얼마나 풍류를 즐겼으며 음률에 조예가 깊었던가도 아울러 짐작할 수 있다.

1860년 29세 때 안동 김씨들의 횡포를 비난했다 탄핵을 받아 전라도 신지도로 귀양을 갔다. 3년 동안 위리안치되었는데 거기에서 77수의 시조를 남겼다. 위의 시조도 그때 썼던 작품이다. 1863년 척신들의 압력으로 사사하라는 왕명이 내려져 서울로 압송되던 중 철종이 승하하는 바람에 죽음을 면했다.

이세보는 선조의 9대손이며 철종의 사촌 아우이다. 1857년 동지사은정사로 청나라에 갔다가 이듬해에 돌아왔다. 신지도 유배 후 1865년 다시 벼슬에 나아가 형조·공조 참판, 한성부판윤, 판의금부사 등을 지냈다.

> 앗갑다 대명텬지(大明天地) 션우(單于) 땅이 되단 말가
> 표연(飄然)헌 의관문물(衣冠文物) 치발(薙髮) 위쥬(僞主) 무삼 일고
> 언제나, 셩진(腥塵)을 쓰라치고 셩대태평(聖代太平)

아깝다. 대명천지가 오랑캐의 땅이 되었단 말인가. 표연한 문화 문물, 머리 깎은 거짓 임금이 무슨 일이런가. 언제나 더러운 먼지를 쓸고 태평 세월.

1857년 26세 때 동지사은정사로서 청나라에 갔을 때 지은 시조이다. 이때 청나라는 아편전쟁의 후유증과 태평천국의 난으로 인한 혼란에 빠져 있었다. 외교사절의 우두머리였음에도 명이 멸망한 지 200여 년이 지나고도 아직 청의 전통성을 인정하지 않고 명의 회복을 바라고 있었으니 그가 청에 대해 어떻게 인식하고 있었는지를 알 수 있다.

그의 시조의 주제는 현실 비판, 유배, 애정, 기행 등 다양하다. 이런 다양한 주제는 다른 시조 작가에게서는 찾을 수 없는 그만의 독특한 모

습이다.

> 져 백성의 거동 보쇼 지고 싯고 드러와셔
> 한 셤 쌀를 밧치랴면 두 셤 쌀리 부둑(不足)이라
> 약간 농사 지엿슨들 그 무엇슬 먹자 하리

저 백성 거동 보소. 쌀 한 섬 바치려면 두 섬 쌀이 부족하다. 약간 농사를 지었는데 그 무엇을 먹자고 그리 하는가. 농사를 마친 뒤에 세금으로 쌀 한 섬을 바치려면 이런저런 명목의 세금들이 붙어 두 섬도 부족하다는 것이다. 먹을 것이 없게 된 백성들의 사정을 고발했다. 현실 비판 의식은 정의로운 사회를 추구하는 그의 강직한 성품에서 나온 것으로 생각된다.

그는 세도정치의 폐단을 철종에게 고발하고 정의로운 정치와 사회의 조성에 진력했다. 또한 정치가로서의 면모 못지않게 시인으로서도 활발하여 459수라는 많은 시조 작품을 남겼다. 그의 시조집 『풍아(風雅)』는 조선 시대를 통틀어 개인 시조집으로는 가장 많은 작품을 수록했다.

64세이던 1895년 8월 20일에 명성왕후가 곤녕전에서 피살되는 변을 당하자 통곡하다 병이 들어 같은 해 11월 23일에 졸했다.

신지도에는 명사십리(鳴沙十里)가 있다. 유배 시절 밤이면 해변에 나가 북녘 하늘을 바라보며 유배의 설움과 울분을 시조로 읊었다. 귀양살이에서 풀려난 후 비바람이 치는 날이면 이 모래밭에서 이상한 소리가 들려왔다고 한다. 그 소리가 마치 울음소리 같다 하여 울 명(鳴), 모래 사(沙) 자를 써서 명사십리라는 이름이 붙었다고 한다.

하규일 「우연히 잠두에 올라…」

1867(고종 4)~1937(4270, 정축)

하규일은 호는 금하, 서울 출신이다. 그는 어렸을 때부터 한학을 배웠으며 하중곤을 거쳐 최수보 아래에서 사사받아 대성한 일제강점기 가곡계의 거장이다. 하중곤은 하규일의 숙부로 박효관과 쌍벽을 이루는 당대 가객의 대가였다. 가곡의 명창 하순일과는 사촌간이다.

하규일은 이병성, 이주환 등 후계자를 키워냄으로써 우리나라 전통 가곡의 맥을 이어준 유일한 사람이다. 한편으로는 관계에 진출하여 한성부윤, 한성재판소 판사를 거쳐 전북 진안군수를 지내기도 했다. 1910년 나라가 망하자 아래의 시조 한 수를 남기고 개연히 관직을 떠났다.

> 우연히 잠두에 올라 장안을 굽어보니
> 고전(古殿)은 견폐(堅閉)하고 신옥(新玉)은 층기(層起)로다
> 다시금 성은을 생각하니 수루불각(垂淚不覺)하여라

우연히 잠두에 올라 장안을 굽어보니 옛 궁전은 굳게 닫혀 있고 새 가

제1부 조선 후기 가객들의 시조

옥들은 충충 높이 솟았구나. 다시금 임금의 은혜를 생각하니 눈물이 흘러 정신을 차릴 수가 없어라.

'잠두'는 남산의 서쪽 봉우리이다. 누에의 머리 같다 해서 붙여진 이름이며 '장안'은 수도라는 뜻으로 서울을 일컫는 말이다.

그의 숙부 하중곤, 종형 하순일은 모두 가곡의 대가였다. 하규일은 처음부터 가곡이 좋아서 배운 것은 아니라고 한다. 다만 음악을 한 가지는 해야겠다는 뜻에서 처음에는 거문고를 배웠다. 그러나 들고 다니기가 거추장스러워 간편한 단소로 바꾸었으나 그것마저 귀찮아서 기왕이면 드는 것 없이 홀가분하게 아무 데서나 부를 수 있는 가곡을 배우는 게 더 좋으리라고 생각하여 가곡으로 마음을 굳혔다고 한다.(장사훈, 『국악명인전』)

숙부 하중곤은 조카 하규일이 가곡을 배운다는 소식을 듣고는 한번 불러보라고 했다. 노래를 다 듣고 난 숙부는 그에게 매몰차게 말했다.

"일청이조(一淸二調)라는 말이 있다. 잡가라면 몰라도 고상한 노래는 첫째 목이 좋아야 하는 법이다. 그런 목으로는 도저히 성공할 수 없다. 단념해라."

하규일은 물러서지 않았다.

"얼마나 더 공부하면 되겠습니까?"

"남이 한 번 하면 너는 백 번, 천 번을 연습해야 한다."

하규일은 밥 먹는 시간만 빼고는 죽기 살기로 노래했다. 몇 동이 피를 쏟고 나서야 성대가 잡혀 비단 같은 목소리가 흘러나왔다. 그는 그렇게 수련해 가곡계의 대명창이 되었다.

1911년 조선정악전습소의 학감으로 1912년에는 상다동 여악 분교

실장을 겸직하였다. 1926년부터는 이왕직 아악부 촉탁으로 취임하며 10여 년간 오로지 국악 보급과 후진 양성에 전심전력, 가곡 전수에 모든 힘을 쏟았다. 현재 전승되고 있는 가곡은 모두 그의 전창으로 남창 가곡 89곡, 여창가곡 71곡, 가사에 「백구사」 「춘면곡」 「상사별곡」 등 8곡이 있다. 시조에는 평시조 · 중허리시조 · 지름시조 등이 있으며 계면초수대엽과 언편이 음반으로 전하고 있다.

하규일이 만년에 창작한 시조, 가곡, 계면조이수대엽으로 불린 노래가 『증보가곡원류』에 전하고 있다. 저서로 『가인필휴(歌人必携)』가 있다.

정월이 돌아오면 새해라고 하례한다
연년세세 새해라나 세세연년 옛해로다
우리도 저 해와 같이 만고불변하리라

어느 도공 「개야 짖지 마라…」

개야 짖지 마라 밤 사람이 다 도둑인가
자목지 호고려님 계신 곳에 댕겨오리다
그 개도 호고려 개로다 듣고 잠잠하노라

개야 짖지 마라. 밤 사람이 모두 도둑인가? 자목지 호고려님이 계신 곳에 다녀오겠노라. 그 개도 호고려 개로구나. 듣고 잠잠하노라.

'호고려'는 임진왜란 때 잡혀온 조선인을 현지 일본인들이 부르던 말이다. '되고려 사람, 오랑캐 고려 사람'이라는 뜻이었으나 어느새 이들을 지칭하는 보통명사가 되었다. '자목지'는 인명 혹은 지명으로 추정된다. 이 시조의 지은이는 임진왜란 때 일본으로 끌려간 어느 도공이나 그 후손쯤으로 보인다.

어느 도공이 하루 일과를 마치고 밤에 산책을 나갔다. 개가 컹컹 짖어댄다. 개야, 밤 사람이 다 도둑인 줄 아느냐. 아니다. 나, 자목지 호고려님이 계신 내 고향에 잠시 다녀오마. 이 말을 들은 그 개도 호고려의 개인지 더는 짖지 않고 다녀오라 잠잠, 짖지 않더라는 것이다.

임진왜란 때 끌려간 조선 사기장의 후손 이작광 · 이경 형제가 일본 하기(萩)에 정착하여 도요를 만들었다. 형제는 조선의 막사발 모양의 찻사발을 만들어 큰 명성을 얻었다. 이후 이곳에서 만들어진 도자기를 하기야키(萩燒)라 부르고 이 중에서도 조선의 막사발을 이도다완(井戸茶碗)이라 불렀다. 하기야키는 사용하면 사용할수록 사발 색깔이 변해 '하기의 일곱 변화[萩の七化]'라는 별칭이 붙기도 했다.

어느 도공이 이 하기야키에 절절한 그리움을 담은 한글 시조, 망향가를 남겼다. 한글 시조가 쓰여진 막사발은 당시 일본으로 끌려와 정착한 슬픈 조선 도공들의 생활상을 그대로 보여주고 있다.

원래 일본 교토의 고미술 수집가 후지이 다카아키가 소장하고 있다가 교토국립박물관에 기탁하였던 것을, 사후 25년이 되던 2008년에 유족들이 한일 양국의 교류를 위해 한국에 기증했다. '한글을 쓴 찻사발', '한글 묵서 다완(墨書茶碗)', 일본에서는 '추철회시문다완(萩鐵繪詩文茶碗)'이라고 한다.

얼마나 조국과 고향이 그리웠으면 이런 시조를 막사발에 남겼을까. 밤에만 돌아다닐 수 있었는가. 조국으로 돌아가지 못하는 포로 신세가 이리도 한이 맺혔나 보다. 눈물을 담은 한 서린 투박한 찻잔이 이보다 더 큰 것이 또 어디 있을까. 한탄하는 포로의 심정을 이렇게 도자기에 써내려간 것이다.

17세기 중엽부터 유럽은 일본을 도자기 나라라고 불렀다. 도요토미 히데요시는 조선 도공을 일본으로 납치해 오라는 특명까지 내렸으니 임진왜란은 가히 도자기 전쟁이라 할 만하다. 임진왜란, 정유재란은 조

한글 묵서 다완 · 17세기 초 일본
하기 자방에서 제작한 것으로 추정.
일본명 주철회시문다완. 후지이 다
카아키 유족이 기증.

사진 출처 : 국립중앙박물관

선과 일본의 도자기 운명을 바꾸어놓았다. 설움도 설움이지만 일본에
게 도자기 기술까지 뺏기고 고향까지 뺏겼으니 조선 도공들의 한을 어
디에 하소연할 수 있으리. 이 막사발이 애절하고 절절한 도공의 삶을
그대로 보여주고 있으니 400년이 지난 지금에도 마음이 짠하고 아프
다.

문수빈 「청령포 달 밝은 밤에…」

청령포 달 밝은 밤에 어엿븐 우리 임금
고신척영(孤身隻影)이 어드러로 가신 건고
벽산중(碧山中) 자규의 애원성(哀怨聲)이 나를 절로 울린다

청령포는 강원도 영월 남한강 상류에 있는 곳으로 삼면이 강으로 둘러싸인 육지의 외딴섬 같은 지역이다. 단종이 세조에게 왕위를 빼앗기고 유배되었던 슬픈 역사가 서린 곳이다. 그해 여름, 홍수로 청령포가 물에 잠겼을 때 영월부의 객사 관풍헌으로 처소를 옮기기까지 단종은 두 달간 여기에서 생활했다.

'어엿븐'은 가엾은, '고신척영'은 외로운 몸에 외롭게 비친 그림자로 의지할 데 없는 홑몸을 말한다. '어드러로'는 어디로, '벽산중'은 푸른 산속, '자규'는 소쩍새를 말한다.

숙부인 세조에 의해 영월에 유배되었다가 사약을 받고 죽은 단종의 슬픈 운명을 애도한 노래이다. 청령포 달 밝은 밤에 가엾은 우리 임금,

의지할 데 없는 홑몸은 어디로 가셨는가. 푸른 산중 자규의 슬픈 원성이 나를 절로 울리는구나.

청령포에는 단종이 살았던 단묘유지비(端廟遺址碑)와 어가, 단종이 한양을 바라보며 시름에 잠겼다는 노산대, 정순왕후를 생각하며 돌을 쌓았다는 망향탑, 외인을 접근을 막기 위해 영조가 세운 금표비, 단종의 비참한 모습을 지켜본 관음송 등 당시의 모습이 그대로 남아 있다.

> 천만 리 머나먼 길에 고운 님 여의옵고
> 이 마음 둘 데 없어 냇가에 앉았으니
> 저 물도 내 안 같아야 울어 밤길 예놋다

세조는 1457년 6월에 단종을 왕에서 노산군으로 강등시켜 영월로 유배 보냈다. 10월에는 노산군에서 서인으로 강등시켜 사약을 내렸다. 이때 금부도사로서 유배길도 호송하고 사약도 들고 간 이가 왕방연이다.

청령포에 단종을 두고 돌아오는 길에 왕방연은 곡탄 언덕에 앉아 이 비탄의 시조를 읊었다. 천만 리 머나먼 길에 사모하는 님을 두고 와 내 마음 둘 데 없어 냇가에 앉았으니 저 물도 내 마음 같아 울며 밤길을 가는구나.

문수빈은 단종 사후 300년이나 지난 후대의 사람이다. 그럼에도 엊그제 일어난 일같이 단종의 죽음을 애달파하고 있다. 550여 년이 지난 지금에도 단종에 대한 곡진한 그리움이 우리들의 가슴을 울리고 있는 것을 보면 역사의 비화는 세월이 흘러도 잊혀지지 않는다. 잘못된 역사는 영원히 되돌릴 수 없는 것이다.

문수빈은 생몰연대 미상으로 조선 숙종 때 가객이다. 김수장·김천택 등과 더불어 경정산가단의 일원으로 활동했다. 『해동가요』에 시조 한 수가 전하고 있다.

경정산가단은 평민문학이 흥성했던 당시, 시조 가단의 중심이었던 『청구영언』의 김천택, 『해동가요』의 김수장을 중심으로 작품 활동을 한 가객들의 동인 단체이다. 경정산은 이백의 시 「독좌경정산(獨坐敬亭山)」의 산 이름을 따온 것으로 경정산은 이백이 만년을 보낸 곳으로 세속을 벗어나 변함없이 서 있다는 뜻이다.

몹쓸 짓을 한 우리 현대사의 얼굴 같아 씁쓸하다. 후대에서 이런 작품들이 수없이 나온다고 볼 때 이 시대가 얼마나 부끄러운지 한 번쯤 생각해볼 일이다.

김진태 「용 같은 저 반송아…」

용 같은 저 반송(盤松)아 반갑기 반가왜라
뇌정(雷霆)을 겪은 후에 네 어이 푸렀는가
누구셔 성학사(成學士) 죽닷튼고 이제 본 듯하여라

'반송'은 키가 작고 가지가 옆으로 얇게 퍼진 소나무를 말한다. '반가왜라'는 반갑구나, '뇌정'은 심한 천둥 번개를 말한다. 성 학사는 성삼문을 지칭하고 있다.

용처럼 가지가 구불구불한 저 반송아, 너를 보니 참으로 반갑고 반갑구나. 그 모진 혹형에도 너는 어이 푸르른가. 저리 새파랗게 살아 있는데 누가 성삼문이 죽었다고 말했는가. 이제야 그를 본 듯하구나.

반송을 성삼문에 비겼다. 성삼문의 충의가 "봉래산 제일봉에 낙락장송 되었다가"의 구절을 이어받아 노래를 읊었다. 300년 전 성삼문의 절의가 엊그제 일만 같이 느껴진다. 절의가 사라져가는 세상이 안타까워 그런 노래를 읊었는지 모르겠다.

김진태는 숙종·영조 때의 가인으로 자는 군헌, 호는 항은이며 서리 출신이다. 경정산가단의 한 사람으로 『청구영언』에 시조 26수가 전하고 있다. 18세기 가객 중 김천택, 김수장 다음으로 많은 시조를 지은 시인이다.

1766년(영조 42)에 증보한 『해동가요』의 부록인 『청구가요』에 김수장이 자신과 직접적 교유 관계가 없었음을 아쉬워하며 그의 작품 성향에 대해 다음과 같이 말했다.

군헌의 작품은 뜻이 뛰어나고 향운(響韻)이 매우 맑아 시속에 물들지 않았다. 지형이 험한 무협(巫峽)처럼 쓸쓸함과 울창함이 있고, 기이한 말과 아름다운 표현은 봉래산과 영주산에 사는 신선들의 말과 같다. 일찍이 서로 알고 지내지 못한 것이 한스럽다.

그의 시조는 변화무쌍한 세상사와 인심에도 욕심 없이 살고자 하는 맑은 마음이 주조를 이루고 있다. 늙음에 대한 자탄, 임금에 대한 충성과 절개, 문장과 경륜, 소망 등에 대한 것들이 있다.

벽상(壁上)에 걸린 칼이 보믜가 났다 말가
공(功) 없이 늙어가니 속절(俗節)없이 만지노라
어즈버 병자국치(丙子國恥)를 씻어볼까 하노라

'보믜'는 녹을 뜻하고 '병자국치'는 삼전도의 굴욕을 말한다. 벽 위에 걸어놓은 칼이 녹슬었단 말인가. 나라를 위해 공을 세운 바 없이 늙어만 가니 속절없이 만져만 보게 되는구나. 아, 병자년의 삼전도 국치를 살아생전에 씻어볼까 마음 먹어보노라.

1637년 1월 30일 삼전도에서 항복 의식이 거행되었다. 온 백성들은 땅을 치며 통곡했다.

"조선 국왕은 계하에서 삼배구고두케 하라."

조선과 청의 관계가 형제의 예에서 군신의 예로 바뀌는 치욕적인 순간이었다. 인조는 구배를 하고 군신의 예를 올렸다. 병자국치는 경술국치와 함께 두고두고 조선인들의 가슴에 깊은 상처를 남겼다. 100여 년이 지난 후이건만 시인은 삼전도의 굴욕에 절치부심하는 노래를 지어 이렇게 자신을 반성하고 있는 것이다.

절의와 충의의 노래가 절실한 것은 예나 지금이나 다르지 않다. 역사의 상흔은 세월이 흘러도 DNA가 되어 잊을 수 없고 지울 수도 없는 것이다.

송계연월옹 「소년의 다기하여…」

소년의 다기(多氣)하여 공명(功名)의 우의(有意)터니
중년의 깨달아자 부운(浮雲)이라
송하(松下)의 일당금서(一堂琴書)가 내 분(分)인가 하노라

'다기'는 마음 단단하여 웬만한 일에는 두려움이 없음을 말하고, '일당금서'는 한 집과 거문고와 책을 말한다.

젊은 시절엔 혈기가 왕성하여 공명에 뜻을 두었는데, 중년이 되어 깨닫고 보니 공명은 뜬구름이라. 큰 소나무 아래 초막을 짓고 거문고, 책과 함께 더불어 사는 것이 내 분수인가 하노라.

소년 시절에 세웠던 이상을 중년에 와 포기했다. 뜬구름임을 깨달았기 때문이다. 자연을 찾아 초막을 짓고 거기서 솔바람 소리를 들으며 거문고, 책과 더불어 살아가는 것이 내 분수라는 것이다.

늙어지니 벗이 없고 눈 어두니 글 못 볼쇠

고금가곡을 모도다 쓰는 뜻은
여기나 흥을 부쳐 소일코져 하노라

송계연월옹은 영조 때 가인으로 시조집 『고금가곡』을 편찬했다. 책
명은 원래부터 있었던 것이 아니라, 원본 표제의 자형이 떨어져 나가
있어서 손진태가 권말에 수록된 편자의 자작시조 중장에서 따와 『고금
가곡』이라 가칭했다. 가집 말미에 '갑신춘 송계연월옹'이라고 기재되
어 있어 그가 편찬한 것임을 알 수 있다. 자작시조 14수가 전하고 있다.

늙어지니 친구도 없어지고 책을 보자 하니 눈이 어두워 볼 수가 없
네. 예와 이제의 가곡들을 모아 한 권의 책을 만드는 뜻은 여기에다 흥
을 붙여 무료한 나날을 보내고자 함일세.

송계연월옹은 생몰연대와 인적사항이 미상이다. 시조집에 숙종 때의
가인 김유기(1674~1720)의 작품이 실려 있어 1704년(숙종 30) 이후의 인
물로 추측되고 있다. 초년에는 출세한 듯하며 중년 이후엔 세사를 버리
고 산간에 은둔, 시와 가로 유유자적하게 살았던 것으로 보인다. 가집
은 1764년(영조 40)이나 1824년(순조 24)에 편찬되었을 것으로 추정되고
있다.

마천령 올나안자 동해를 구버보니
물밧긔 구름이요 구름밧긔 하날이라
아마도 평생장관(平生壯觀)은 이거신가 하노라

'마천령'은 함경남도 단천과 북도 성진 사이의 도계에 있는 재이다.

'평생장관'은 한평생 두고 볼 만한 경치를 뜻한다.

　마천령 올라앉아 동해를 굽어보니 물 밖은 구름이요 구름 밖은 하늘이라. 아마도 평생의 장관은 이것인가 하노라.

　단순히 마천령에서 동해를 바라보는 자연의 경관에 대한 찬탄만을 노래한 것은 아니다. 자연은 유한한 것이 아니다. 산에서 바다로 바다에서 구름으로 구름에서 다시 그 너머 공간으로 자연을 무한히 확산시키고 있다. 대자연의 경이와 자신의 웅혼한 기상에 대해 노래하고 있다.

　　　거문고 타자 하니 손이 알파 어렵거늘
　　　북창송음(北窓松陰)의 줄을 언져 거러두고
　　　바람의 제 우난 소래 이 거시야 듯기 됴타

　운치 있는 시조이다. 늙어서 거문고를 타려 해도 손끝이 아파 제대로 탈 수 없어 북쪽 창가 소나무 그늘에 걸어두었다. 솔바람이 일자 거문고 줄이 스스로 소리를 내다니 이 소리가 참으로 듣기 좋다는 것이다. 이만한 여유와 여백이 고금이 또 있을까.

　『고금가곡』은 타 시조집과 달리 인륜, 심방, 한적 등 '단가 12목(短歌 十二目)'이라는 제목 아래 주제별로 편찬되어 있다. 도남본과 가람본이 있으며 각각 302수와 305수의 시조가 실려 있다.

주의식 「주려 죽으려 하고…」

주려 죽으려 하고 수양산에 들었거니
현마 고사리를 먹으려 캐었으랴
물성이 굽은 줄 미워 펴보려고 캠이라

굶어 죽으려고 수양산에 들어갔는데 설마 고사리를 캐어 먹었겠느냐? 고사리의 생김새가 곧지 못하고 굽은 것이 미워서 그것을 곧게 펴보려 캔 것이리라.

풍자적이고 해학적이며 착상이 재미있는 시조이다.

주나라 무왕이 은나라 주왕(紂王)을 멸하고 주(周) 왕조를 세우자, 백이와 숙제는 무왕의 행위가 인의에 위배된다 하여 주나라의 곡식을 먹기를 거부하고, 수양산에 들어가 고사리를 캐어 먹다 굶어 죽었다.

같은 소재를 가지고 지은 성삼문의 절의가가 있다.

수양산(首陽山) 바라보며 이제(夷齊)를 한(恨)하노라.

주려 주글진들 채미(採薇)도 하난것가.
비록애 푸새엣 거신들 긔 뉘 따헤 낫다니.

수양산을 바라보면서, 백이와 숙제를 한탄하노라. 굶어 죽을지언정 고사리를 뜯어먹어서야 되겠는가? 비록 푸성귀라 할지라도 그것은 누구의 땅에서 났더냐. 백이 숙제는 고사리를 캐어 먹다 죽었지만 자신은 푸성귀도 뜯어먹지 않겠다는 것이다.

고사리를 캐어 먹고 안 먹고가 무슨 상관이랴. 이제가 고사리를 먹으려고 캐었겠느냐. 굽은 성질이 미워 펴보려고 캐었겠지. 굽은 것을 곧게 펴려고 그러한 것이 아니겠느냐고 반문하는 것이다. 성삼문의 절의가를 염두에 두고 쓴 것 같은, 비판에 대한 변론이 아닌가 생각된다.

풍자이기도 하지만, 지은이가 백이 숙제를 들고 나온 것은 조정 벼슬아치들의 어지러운 행태에 일침을 가하기 위해서일 것이다. 성삼문에게 꾸지람을 당한 그런 절개마저 찾아보기 어려운 세태에 대한 지은이의 탄식이기도 하다.

『청구영언』에 수록된 그에 대한 남파 김천택의 발문 일부이다.

대개 그 사곡을 보면 그 사람을 상상할 수 있는 것처럼 그는 반드시 속된 사람은 아니었다. 아! 공은 한갓 신번에만 능한 것이 아니라 몸가짐이 공손하고 검소하며 마음씀이 편안하고 조용해서 삼가는 태도가 군자의 풍도가 있었다.

『소대풍요』의 '작가 목록'에 "주의식은 조선 숙종 · 영조 때 사람으

로 자는 도원 호는 남곡이다. 나주인으로 숙종 때 무과에 급제했고 칠
원현감을 지냈다. 묵매를 잘 그렸고 시조 14수가 전한다."라는 기록이
있다.

그의 시조의 주제는 자연, 탈속, 계행 및 회고와 절개 등이다.

> 인생을 혜여하니 한바탕 꿈이로다
> 좋은 일 구즌 일 꿈 속에 꿈이여니
> 두어라 꿈 같은 인생이 아니 놀고 어이리

그는 명가이다. 김천택은 그가 말이 정대하고 뜻이 부드럽고 풍아의
운치가 있다고 했다. 마음씨가 곱고 풍도가 있는 군자였으니 이런 풍류
를 즐기지 않았을까 싶다.

> 하늘이 높다 하고 발져겨 서지 말며
> 따히 두텁다고 마이 밟지 마를 것이
> 하늘 따 높고 두터워도 내 조심을 하리라

하늘이 높다 해서 발꿈치 돋우고 서지 말며 땅이 두텁다 하여 단단히
밟지 말 것을 하늘과 땅이 높고 두터워도 내 조심을 하리라.

그른 말 하나도 없는 만고의 진리이다. 갈수록 도덕이 해이해지고 있
는 작금에 와 깊이 새겨들어야 할 경계의 노래이기도 하다.

김영 「연 심어 실을 뽀바…」

연(蓮) 심어 실을 뽀바 긴 노 부여 거럿다가,
사랑(思郎)이 긋쳐갈 제 찬찬 감아 매오리라,
우리난 마음으로 매자시니 긋칠 줄이 이시랴.

김영의 작품이다. 김영은 정조 때의 무신으로 무과에 등제하여 벼슬
이 형조판서에 이르렀다. 무신으로 7수의 시조를 남겨놓았다.

현실 생활에 가까이 있는 연, 노끈 같은 일상적인 것들을 소재로 삼
았다. 연을 심고 그 연대에서 실을 뽑아 긴 노끈을 비벼 만들어 걸어놓
았다가 사랑이 그쳐갈 때 찬찬히 감아 매리라. 우리는 마음으로 맺었으
니 사랑이 그칠 리야 있겠느냐. 마음으로 맺은 사랑은 그치지 않는다는
것이다.

마음으로 맺었으니 떠날 리가 없겠지만 사랑이 떠날 때 달아나지 않
도록 노끈으로 동여매어 사랑을 지키겠다는 것이다. 노끈으로 묶어 보
이지 않는 사랑을 시각화 · 물질화시켰다. 사랑을 매어두고 싶은 심정

은 동서고금 누구나 다 다를 게 없나 보다.

> 관운장(關雲長)의 청룡도(靑龍刀)와 조자룡(趙子龍)의 날닌 창이
> 우주(宇宙)를 흔들면서 사해(四海)를 횡행(橫行)할 제 소향무적(所向無敵)이언만은 더러운 피를 무쳐시되, 엇지 한 문사(文士)의 필단(筆端)이며 변사(辯士)의 설단(舌端)으란 도창검극(刀鎗劍戟)
> 아니 쓰고 피 업시 죽이오니,
> 무섭고 무셔울슨 필설(筆舌)인가 하노라.

무의 위용을 말한 전반부와 문의 위력을 말한 후반부로 나누어진 사설시조이다.

관운장의 청룡도와 조자룡의 날쌘 창이 우주를 흔들면서 온 세상을 거리낌 없이 횡행할 때 가고자 하는 곳에는 적이 없으나 더러운 피를 묻히지 않을 수 없다. 그러나 글 잘하는 사람의 붓끝과 말 잘하는 사람의 혀끝은 칼과 창을 쓰지 않고도, 피를 묻히지 않고도 죽일 수 있으니 진정 무서운 것은 붓과 혀라는 것이다. 관운장과 조자룡의 칼과 창에는 더러운 피가 묻어 있으나 문사와 변사의 붓과 혀는 피를 묻히지 않아도 사람을 죽일 수 있으니 글과 말이 칼과 창보다 더 무섭다는 얘기이다.

정치 현실을 있는 그대로 보여줄 뿐 대상과 일정한 거리를 두고 있다. 현실의 문제점을 인식하고도 어떻게 하겠다는 화자의 주관적인 감정은 개입되어 있지 않다. 이는 당시 경화사족 작가들의 일반적인 특징이기도 하다.

일순천리(一瞬千里)한다 백송골아 자랑 마라,

두텁도 강남(江南)가고 말 가는듸 소 가너니,

두어라 지어지처(止於至處)ㅣ니 네오내오 다르랴.

한순간에 천 리 간다고 흰 송골매야 자랑하지 마라. 가는 것으로 말
하자면 두꺼비도 강남 가고 말도 가고 소도 간다. 두어라 어디든 이르
는 곳에서 머무르는 것은 네나 나나 다 마찬가지가 아니냐.

백송골이 탁월한 능력을 가졌다고 해도 세상을 살아가는 데에는 두
꺼비, 말, 소와 다를 게 하나도 없다. 잘난 사람, 못난 사람 할 것 없이
누구든지 살아가는 데에는 지장이 없다는 것이다. 화자는 세계를 방관
자적 입장에서 바라보기만 할 뿐 어떤 주관적인 생각은 제시하고 있지
않다.

18세기의 경화사족 작가들은 이처럼 일정한 거리를 두고 백성들의
입장에서 세계를 판단하기보다는 자신의 입장에서 판단하고 있다. 당
시 경화사족들의 공통적인 일단의 사유 방식들을 이들의 시조에서 만
나볼 수 있다.

제2부

진솔한 연모지정, 기녀시조

소백주 「상공을 뵈온 후에…」

박엽이 평안감사 때의 일이다. 어느 날 동헌에서 손님과 함께 장기를 두고 있었다. 많은 사람들이 모여들어 장기판을 구경하는데, 그중에는 평양 출신 기생, 소백주(小柏舟)도 끼여 있었다.

"기생에게 여자가 장기판에 끼어들지 말라 일러라."

아전이 말했다.

"애, 감사어른이 자리를 피하라고 하신다."

소백주는 당돌하게 대꾸했다.

"남자만 사람이고 여자는 사람이 아니오이까?"

그날따라 친한 사람들이 많이 있어 박엽은 큰소리를 치지 못했다.

"그러면 나와 내기 한판 해보겠느냐? 만약 네가 지면 볼기를 칠 것이요, 내가 지면 장기 구경을 시켜주겠다."

"그렇게 하겠사와요."

사람들은 깜짝 놀랐다.

"좋다. 그러면 장기말 가지고 다 들어가게 시조 한 수 짓거라."

소백주는 장기판을 한번 훑어보았다. 그러고는 낭랑한 목소리로 시조 한 수 읊었다.

상공(相公)을 뵈온 후(後)에 사사(事事)를 밋자오매
졸직(拙直)한 마음에 병(病)들가 염려(念慮) ㅣ 러니
이리마 져리챠 하시니 백년동포(百年同抱) 하리이다

"아."

사람들은 탄복했다. 생각지 못한 은유로 연정의 내용을 시조 한 수에 담아 재치 있게 지었다. 감사 박엽의 케이오 패였다.

'상공(相公)'은 장기에서의 상(象)과 궁(宮)을, '사(事)'는 사(士)를, '졸직(拙直)'의 '졸(拙)'은 졸(卒)을, '병(病)'은 병(兵)을, '이리마'의 '마'는 마(馬)를, '저리챠'의 '챠'는 차(車)를, '동포(同抱)'의 '포(抱)'는 포(包)를 뜻한다.

상공을 뵌 후로 모든 일을 믿고 의지하며 지내다가 옹졸하지만 올곧은 성격으로 병이 들까 걱정했는데 이렇게 하마 저렇게 하자 자상하게 대하시니 부부가 되어 백 년을 함께 살고자 하나이다. 장기에 비유하여 자신의 연정을 재치 있게 표현했다. 동음이의어를 끌어들여 비유한 어휘 구사가 놀랍다.

박엽은 광해군 때의 문신으로 함경도 병마절도사가 되어 서북변의 방비를 매우 튼튼히 한 인물이다. 그가 있어 청나라는 감히 국경을 침범하지 못했다. 인조반정 후 처가가 광해군의 인척이었다는 이유로 그를 두려워한 훈신들에 의해 사형당했다.

계해년에 박엽의 비장(裨將) 한 사람이 틈을 타서 귀띔하기를 "지금 조정은 패할 것입니다. 공은 임금이 총애하는 신하이니 반드시 화를 당하게 됩니다. 그러니 청국과 내밀히 결탁하였다가, 만약에 조정에 일이 벌어지거든 이 지역을 청국에 바치고 일부는 떼어서 공이 차지한다면 자립하기에 넉넉할 것입니다만, 그렇지 않으면 화를 면하기 어렵습니다" 라고 하였다. 이에 박엽은 "나는 문관이다. 어찌 나라를 배반하는 신하가 되겠는가" 하고는 듣지 않았다. 그 사람은 곧 박엽을 버리고 도망쳤다. 얼마 안 되어 인조가 반정하여 정권을 잡자 곧 사신을 보내 박엽을 임소(任所)에서 베어 죽였다.

— 신정일, 「평안감사 박엽」,

『신정일의 새로 쓰는 택리지 6-북한』

'괴여만리장성(壞汝萬里長城)' 이라는 말이 있다. 스스로 만리장성을 허물어버린다는 뜻이다. 송나라와 위나라가 대치하고 있을 때, 송나라의 중신 단도제의 위세가 너무 당당하여 아무도 그를 넘보지 못했다. 이를 시기한 권신과 왕족들이 그를 궁중으로 불러들여 죽이려고 했다.

단도제는 이렇게 말했다.

"너의 만리장성을 스스로 허문단 말이냐!"

위나라 사람들은 그가 죽었다는 소식을 들었다.

"이제 두려운 사람은 하나도 없다."

이후 위나라는 남쪽 송나라를 계속 침범했다.

조선시대에도 국경을 철통같이 지키던 평안감사 박엽을 인조가 죽였을 때 '괴여만리장성' 이라고 통탄한 사람이 있었다. 박엽이 있는 동안은 감히 압록강을 건너오지 못하던 청나라가 그가 죽었다는 말을 듣자 자주 압록강을 침범해왔다.

병자호란이 일어났다. 인조는 청나라의 용골대 앞에서 무릎을 꿇었다. 용골대가 호통을 쳤다.

"이제 박엽을 죽인 것이 후회되겠지?"

박엽은 권신 이이첨을 모욕하고도 무사하리만큼 명성을 떨친 인물이었다. 최남선의 수필 「평안감사 박엽」의 일부를 각색해 소개한다.

> 하루는 부하를 불러 주효를 장만하여 내어주어 말했다.
> "중화의 구현 밑에 가서 기다리면 필시 건장한 마부 두 사람이 지나갈 것이다. 그러면 이것을 주면서 내 말을 전하라. '너희들이 우리나라로 내왕한 지 몇 달인데 다른 사람들은 모르지마는 나는 다 알고 있다. 돌아다니다 수고스러울 듯해 주효를 보내는 것이니, 한번 잔뜩 먹고 취해 속히 돌아감이 가하니라.'"
> 과연 그런 두 사람이 지나가므로 하라는 대로 말을 전했다. 그 두 사람은 안색이 헬쑥해지며 말했다.
> "장군이 세상에 계실 동안은 다시는 들어올 마음을 먹지 않으오리다."
> 두 사람은 용골대와 마부인이었다., 그 둘은 우리 나라에 와서 허실을 탐지하고 다녔다. 조선인의 모양으로 승정원에 사령을 다녔건마는, 사람들이 다 모르고 박엽만이 알았다고 한다.

아래는 『광해군일기』의 한 기사이다.

의주부윤 박엽은 사람됨이 포학하여 백성들의 목숨을 초개처럼 보아 벼슬살이 가는 곳마다 살인을 능사로 삼았습니다. 근래에 본주에 제수되자 더욱 그 독기를 부려 무고하게 피살된 숫자를 알 수 없을 정도였으므로 아전과 백성들이 놀라 서로 잇달아 흩어져 중요한 요새지가 날로 비어가고 있습니다. 백성의 고혈을 짜 긁어모으고 부(府)의 여종을 간음하는 것에 있어서는 그의 여사(餘事)입니다. 이러한 사람은 예사로 다스려서는 안 되니, 관작을 삭탈하라 명하소서.

—『광해군일기, 중초본』 95권,
광해 7년 9월 24일 정유 1번째 기사

『국조보감』『속잡록』에서도 박엽은 함부로 사람을 죽이고 백성들을 수탈하고 학정을 일삼았던 인물로, 또한 여색을 탐해 날마다 기생을 불러 잔치를 벌이고 향락을 일삼은 전형적인 탐관오리로 기록되어 있다.

박엽에 대한 평가는 역사적으로 엇갈리는 게 많지만 박엽에 대한 일화들을 보면 박엽이라는 인물에게 실록에서 보는 것과는 또 다른 일면이 있음을 짐작게 해주는 것이다.

다복 외 「북두성 기울어지고…」

북두성 기울어지고 경오점(更五點) 잦아간다
십주가기(十洲佳期)는 허랑(虛浪)타 하리로다
두어라 번우(煩友)한 님이니 새워 무슴하리요

'경'과 '점'은 조선시대 때 북과 징을 쳐서 알리던 야시법(夜時法)의
시간 단위이다. 하룻밤의 시간을 5경으로 나누고, 1경과 5경은 3점으
로, 2경에서 4경은 5점으로 나누어 경을 알릴 때에는 북을, 점을 알릴
때에는 징을 쳤다.

다복의 시조이다. 생몰연대 미상이다. '십주'는 신선이 살고 있다는
열 곳의 선경이다. '가기'는 아름다운 때, 기약으로 맺은 사랑의 약속이
다.

김수장(1690~1766)은 노가재와 십주라는 두 개의 호를 사용하였다. 다
복은 김수장과 인연을 맺었던 기녀이다. 일석본과 주씨본 『해동가요』
에 황진이, 홍장, 소춘풍, 소백주, 한우, 구지, 송이, 매화와 함께 명기 9

인으로 기록하고 있다. '번우'는 번거로운 벗을 말한다.

북두성 별자리가 기울어진 것을 보니 삼경은 깊을 대로 깊었다. 신선이 산다는 십주에서 서로 만나기로 약속했는데 님은 끝내 돌아오지 않는다. 사랑의 약속이란 이렇게도 허무하고 맹랑한 것이다. 아서라 애만 태우는, 신의를 저버린 님을 시샘해본들 무슨 소용이 있겠느냐. 한숨과 애환이 묻어있는 노류장화의 마음이 짠하기만 하다.

> 앞못에 든 고기들아 뉘라서 너를 몰아다가 넣거늘 든다
> 북해(北海) 청소(淸沼)를 어디 두고 이곳에 와 든다
> 들고도 못 나는 정(情)은 네오내오 다르랴

어느 궁녀의 시조이다. 생몰연대 미상이다. 앞 연못에 든 고기들아 뉘라서 너를 몰아다가 넣었기에 여기에 들어와 있느냐. 북해의 넓은 바다와 맑은 연못을 어디에 두고 좁고 더러운 이곳에 들어왔느냐. 들어오기는 했어도 마음대로 못 나가는 심정이 못에 든 저 고기나 궁중에 있는 이 궁녀가 뭐가 다를 게 있느냐.

괴로우나 즐거우나 살기는 힘들어도 인간 세상은 지지고 볶고 그래도 인간다운 삶을 누릴 수 있는 곳이다. 그런 북해 청소를 어디에다 두고 좁고 복작거리는 더러운 연못에 들어왔느냐 말이다.

궁녀란 구중심처 대궐 안에 갇혀 세상 형편 모르고 시곗바늘처럼 살아가는 나인들이다. 그녀들은 결혼도 못한 채 평생을 늙어야 하며, 유일하게 만날 수 있는 이성이라고는 마주치기가 하늘의 별따기보다도 어려운 임금밖에 없다. 운이 있어 임금의 총애를 받는 날이면 권세를

누려볼 수도 있으련만 이는 백년하청, 기적이다. 이 답답한 심정을 못
속의 물고기에 비유해 노래한 궁녀의 신세타령이 처량하기만 하다.

산촌(山村)에 밤이 드니 먼 데 개 짖어온다
시비(柴扉)를 열고 보니 하늘이 차고 달이로다
저 개야 공산(空山) 잠든 달을 짖어 무삼하리요

천금의 시조이다. 천금은 19세기 전반 활동한 기생으로 본명, 생몰연
대는 미상이다.

산마을에 밤이 찾아오니 먼 데서 개 짖는 소리 들려온다. 그 누가 나
를 찾는가 사립문을 열고 보니 하늘은 차고 휘영청 달만 밝게 떠 있구
나. 저 개야 공산에 잠든 달을 보고 짖어서 무엇하겠느냐.

개 짖는 소리에 님에 대한 기대감은 일순 무너지고 만다. 깊은 규방
에서 님을 그리워하는 모습이 처연하기까지 하다. 밤은 길고 고적하다.
탄식과 체념으로 고독을 달랠 수밖에 없다.

조선시대 기녀과 궁녀의 참모습을 엿볼 수 있는 작품들이다.

계섬 「청춘은 언제 가며…」

계섬은 영조 때의 가기(歌妓)으로 처음에는 시랑 원의손의 성비(聲婢)로 10년 일하다 이후 이정보의 집안에 소속되었다. 이정보의 후원으로 많은 명창들이 배출되었는데 계섬은 그가 사랑했던 제자 중 최고의 명창이었다.

이후 계섬의 중요한 후원자는 재력가 심용이었다. 40이 훌쩍 넘은 나이에 만났다. 심용의 주변에는 당대 가희·금객·시인들이 문전성시를 이루었다. 그를 만난 후 그녀는 그의 후원 아래 음악적 기량을 더욱 향상시켜나갔다. 심용은 평양감사의 회갑연에 자신이 후원하고 있는 계섬을 포함, 가객 이세춘, 금객 김철석, 기생 추월과 매월 등 내로라하는 풍류객들을 동반, 대동강 선상 공연으로 평양 사람들의 열렬한 환대를 받기도 했다.

심용 사후 7년 1795년(정조 19) 화성에서 베풀어진 혜경궁 홍씨 회갑연에 화성도기(華城都妓) 신분으로 참가했을 때 계섬의 나이 60세였다. 『원행을묘정리의궤』 권5 공령조의 계섬, 60세 기록이 바로 그것이다.

62세 되던 해 심노숭을 찾아가 자신의 평생 모두를 털어놓았다. 심노숭(1762~1837)의 『효전산고』의 「계섬전」은 그렇게 해서 태어났다. 그 일부를 소개한다.

계섬은 서울의 이름난 기생이다. 본래 황해도 송화현의 계집종으로 대대로 고을 아전을 지낸 집안 출신이었다. 사람됨이 넉넉하고 눈은 초롱초롱 빛났다. 일곱 살에 아버지가 죽고 열두 살에 어머니마저 죽자, 열여섯 살에 주인집 여종으로 예속되었는데, 노래를 배워 제법 이름이 났다. 그리하여 권세가의 잔치마당이나 한량들의 술판에 계섬이 없으면 부끄럽게 되었다. (중략) 노래할 때에는 마음은 입을 잊고 입은 소리를 잊어, 소리가 쩌렁쩌렁하게 집 안에 울려 퍼졌다. 이에 그 이름이 온 나라에 떨쳐져, 지방 기생들이 서울에 와서 노래를 배울 때 모두 계섬에게 몰려들었다.

송지원은 『조선시대 음악사회에서 여성 음악가의 존재양상』에서 조선 최고의 여성 음악가 계섬에 대해 이렇게 말했다.

당시 계섬은 최고 여성 음악가로서의 명성을 얻었고 그녀가 잔치판에 나아가면 이처럼 돈과 비단이 출연료로 많이 들어왔다. 그러나 그녀에게 돈과 비단이 중요한 게 아니었다. 그녀는 세상물정을 알게 되면서 인간의 삶에 부귀는 포함되지 않음을 알았다. 가장 얻기 힘든 것은 "진정한 만남"이라 하였다. 한때의 현인과 호걸들이 재물로써 그녀의 마음을 맞추려 노력했지만 그럴수록 마음은 더 맞지 않게 되었다. 계섬은 부귀에 부림을 당하지 않아야 그 몸이 자립할 수 있다고 파악한 것이다. 진정한 만남을 이루지 못한 계섬에게는 자식이 없었다. 계섬은 밭을 사서 조카에게 맡기고 부모 제사를 지내도록 부탁하였고 자신은 죽은 뒤 화장시키라는 말을 남겼다.

조선시대엔 전문 여성 음악가로서 산다는 것은 쉽지 않았을 것이다. 계섬은 나름대로의 일가를 이루었고 전국적인 명성을 얻었으며 또한 배우고 싶어 하는 사람들의 스승 역할까지 했다. 어쩌면 시대를 앞서간 진정한 예술인이 아니었나 생각된다.

가장 얻기 어려운 것은 부귀영화가 아닌 진정한 만남이라고 그녀는 말했다. 명과 실이 어긋나는 것이 어디 계섬의 인생뿐이겠는가. 그녀가 말한 '만나고 만나지 못하는 것', 이에 덧붙여 말해 무엇하랴.

계섬의 시조 한 수이다.

청춘은 언제 가며 백발은 언제 온고
오고 가는 길을 아돗던들 막을 거슬
알고도 못 막는 길히니 그를 슬허 하노라

청춘은 언제 가고 백발은 언제 오는가. 오고가는 길을 알았던들 막을 수 있었을 것을. 알고도 못 막는 길이니 그를 슬퍼한다는 것이다. 인생과 세월의 무상함을 읊은 만년의 탄로가이다. 백발이 오는 것을 알면서도 그 누구도 이를 막을 수 없다.

어디 계섬에게만 있는가. 이것이 누구나 다 인생 끝에서 느끼는 뜬구름이 아니겠는가.

구지 외 「장송으로 배를 무어…」

장송(長松)으로 배를 무어 대동강(大同江)에 띄어두고
유일지(柳一枝) 휘어다가 굳이굳이 매었는데
어디서 망녕(妄佞)엣 것은 소에 들라 하나니

구지는 생몰연대 미상으로 평양 기녀이다.

'무어'는 '뭇다'의 활용형으로 '짓다, 만들다, 구축하다'라는 뜻이다.
'유일지(柳一枝)'는 '버드나무 한 가지'로 지은이의 애부 이름이다. '망
녕엣 것'은 '망녕된 것'이라는 뜻으로 남의 속도 모르고 추근거리는 한
량을 말한다.

큰 소나무로 배를 만들어 대동강에 띄워두고 버드나무 가지를 휘어
다가 단단히 매어두었는데 어디서 망녕된 화상들이 나를 소(沼)에 들라
고 하느냐.

절묘하다. 자신의 이름인 '구지'를 '굳이굳이'로, 애부 유일지는 버들
가지로 뜻을 중첩시켰다. '휘어다가'를 선택한 것 또한 기막히다. 배도

튼튼한데 거기에다 유일지를 휘어다 단단히 매었으니 더 이상의 말이
필요 없다. 유일지라는 서방이 있으니 한량들아, 부질없이 이 명기를
넘보지 말라는 뜻이다. 보통이 넘는 기생이다.

그녀와 일맥상통하는 송이의 시조가 있다.

> 솔이 솔이라 하니 무슨 솔만 여기는다
> 천심절벽(千尋絕壁)에 낙락장송(落落長松) 내 그로다
> 길 아래 초동(樵童)의 접낫이냐 걸어볼 줄 이시랴

풍자가 재치 있다. '천심절벽'은 '천길이나 되는 낭떠러지'를, '내 그
로다'는 '내가 곧 그것이다'를 뜻한다. '초동'은 '땔나무하는 아이'를,
'접낫'은 '작은 낫'을 말한다.

솔이 '솔'이라고 하니 나를 무슨 솔로 아느냐. 아무 데나 있는 그런
흔한 솔이 아니다. 천야만야 낭떠러지 위에 우뚝 서 있는 낙락장송이
바로 나이다. 저 까마득한 낭떠러지 밑 길가의 하찮은 나무꾼 낫쯤이야
걸어볼 수나 있겠느냐. 노류장화 신세의 기생이지만 아무에게나 마음
을 주는 그런 내가 아니다. 그녀의 자존심 또한 구지 못지않다.

송이는 강화 기녀로 박준한이라는 해주 선비를 사랑하였다고 한다.
박준한이 진사에 급제하고 돌아오는 길에 강화에서 송이를 다시 만났
다. 송이는 거기에서 그 선비와 함께 하룻밤을 지냈다. 그 밤이 너무 짧
아 다음과 같은 시조를 지었다.

> 닭아 우지 마라 일 우노라 자랑 마라

반야 진관(半夜秦關)의 맹상군(孟嘗君)이 아니로다
오늘은 님 오신 날이니 아니 우다 어쩌리

닭아 울지 마라, 아침 일찍 우는 것을 자랑하지 마라. 나는 한밤중 함곡관에 갇히자 닭 소리를 내어 도망치려는 그런 맹상군이 아니다. 닭아, 오늘은 임 오신 날이니 제발 님과 함께 오래오래 있게 아니 울면 안 되겠느냐.

이별 후 소식이 없자 송이는 다음과 같은 시조를 남겼다.

남은 다 자는 밤에 내 어이 홀로 깨어
옥장(玉帳) 깊은 곳에 자는 님 생각는고
천 리에 외로운 꿈만 오락가락하노라

아파할 일이라면 떠나보내면 될 것을 사랑은 왜 하는가. 동서고금이 다 그러하니 사랑은 참으로 알다가도 모를 일이다.

매화 「매화 옛 등걸에…」

매화(梅花) 옛 등걸에 봄철이 돌아오니
옛 피던 가지에 피엄직도 하다마는
춘설(春雪)이 난분분(亂紛紛)하니 필동말동하여라

곡산 기녀 매화의 「매화사」이다. 매화는 정확한 생몰연대는 미상이
나 영·정조 때의 기녀로 『계서야담』에 홍시유와의 애틋한 사랑 이야
기가 전하고 있다.

어느 날 매화가 노모의 편지 한 통을 받았다. 병이 깊어 열흘도 넘기
기 어렵다는 것이다. 가서 보니 노모는 멀쩡했다. 곡산 원님 홍시유가
노모를 회유, 거짓으로 편지를 보낸 것이다. 홍시유가 매화에게 단단히
반했던 모양이다.

그녀는 칠십 노령인 황해도 관찰사 어윤겸의 총애 속에 소실이 되어
해주 감영에서 살고 있던 차였다. 어윤겸에 대한 죄책감은 저만치, 그
녀는 젊은 홍시유를 보자 그만 사랑에 빠져버리고 말았다. 칠십 노인

어윤겸과 어찌 비할 수 있으랴. 홍시유와의 꿈같은 시간을 보내고 그녀는 다시 해주 감영으로 돌아왔다. 그 후로 자나깨나 매화는 홍시유 생각뿐이었다.

그녀는 며칠을 누워 지내다가, 갑자기 머리를 풀어헤치고 속옷만 걸친 채 거리를 헤매고 다녔다. 거짓 미친 체했다. 어윤겸을 떠나 홍시유에게 가기 위한 고육책이었다. 미쳤다고 생각한 어윤겸은 그녀를 고향으로 돌려보냈다.

하늘을 날 것만 같았다. 매화는 곡산에서 다시 홍시유의 품에 안겼다. 그러나 두 사람의 불륜은 오래가지 못했다. 두 달 후 홍시유는 어윤겸으로부터 해주 감영으로 출두하라는 명령을 받았다. 병신옥사에 연루되었기 때문이었다. 홍시유는 참형을 당했고 그의 정실 부인도 목을 매어 자살했다. 그녀는 홍시유 내외를 선영에 고이 묻어주었다. 그리고 시조 한 수를 남기고는 홍시유 무덤 곁에서 스스로 목숨을 끊었다. 이 것이 「매화사」이다.

어윤겸을 배반하고 젊은 홍시유에게 돌아간 것을 비방하는 이도 있으나 세상 사람들은 그래도 그녀를 '재가열녀'라 불렀다. 『계서야담』은 이를 두고 매화를 '예양(豫讓)과 같은 인물'이라 칭송했다. 예양은 사마천의 『사기』「자객 열전」에 수록되어 전하는 의리 있는 협객이다.

예양은 원래 전국시대 진나라 지백의 신하였다. 조양자가 지백을 쳐멸하니, 예양이 조양자에게 원수를 갚으려고 몸에 옻칠을 하여 문둥이처럼 꾸미고 숯을 먹어 벙어리 행세를 한 뒤 조양자에게 접근했다. 그러나 결국 뜻을 이루지 못하고 조양자에게 잡히고 말았다.

조양자가 물었다.

　　　　　　　제2부　진솔한 연모지정, 기녀시조

"네가 전에 범씨와 중행씨의 신하가 되어 지백이 그들을 멸할 때는, 네가 그들을 위해 지백에게 원수를 갚지 않고 오히려 지백의 신하가 되더니, 지금 지백이 망했는데 왜 나에게 원수를 갚으려 하는가?"

"범씨와 중행씨는 나를 보통 사람으로 대우하였으므로 나도 보통 사람으로 갚았고, 지백은 나를 국사(國土)로 대우하였으므로 나도 국사의 은혜로 갚으려는 것이다."

> 죽어 잊어야 하랴 살아 그려야 하랴
> 죽어 잊기도 어렵고 살아 그리기도 어려웨라
> 저 님아 한말씀만 하소서 사생결단(死生決斷)하리라

매화의 또 다른 시조이다.

차라리 죽어 잊어버려야 할지, 굳이 살아 죽도록 그리워해야 할지. 죽어 잊어버리기도 어려운 일이요, 살아 그리워한다는 것도 어렵다. 님아 한 말씀만 하소서 사생결단하리라. 갈피를 못 잡는 내 마음을 나도 어찌할 수 없다는 말이다.

매서운 말이나 가슴을 울리는 말이다. 정조 관념이 강한 그녀다운 노래이다.

계단 외 「청조야 오도괴야…」

청조(靑鳥)야 오도괴야 반갑다 임이 소식(消息)
약수(弱水) 삼천리를 네 어이 건너온다
우리 임 만단정회(萬端情懷)를 네 다 알가 하노라

　계단(桂丹)의 시조는 가람본 『청구영언』에만 실려 있으며 시조 세 수
가 전하고 있다. 약수 삼천리는 신선이 사는 고장으로 사람이 갈 수가
없는, 건너기 어려운 멀고도 먼 곳이다. 임과는 만날 수 없는 곳이다.
　그런 오가지 못하는 길을 청조가 날아왔으니 어이 놀라지 않을 수 없
겠는가. 임 계신 그곳에서 날아왔으니 분명 우리 님의 정다운 이야기며
온갖 정서와 회포, 만단정회를 다 알 것이 아니겠느냐. 소식을 듣고 싶
은 간절한 마음이 얼마나 크겠느냐는 것이다. 지금도 여창 지름시조로
애창되고 있는 시조이다.

　녹양(綠楊) 홍료변(紅蓼邊)에 계주(桂舟)를 느껴 매고

일모(日暮) 강상(江上)에 건너 리 하도할샤
어즈버 순풍(順風)을 만나거든 혼자 건너 갈이라

푸른 버드나무 붉은 여뀌가 우거진 냇가에 계수나무로 만든 배를 느슨하게 매어놓았다. 날은 저물어 강을 건너가는 사람이 많기도 하다. '녹양 홍료변의 계주'는 기생인 자기 자신을 말한다. 그런데 정작 자기 자신은 건너지 않고 있다. 순풍을 만나지 못했기 때문이다. 만나기만 하면 언제라도 혼자 건너가겠다는 것이다.

자신의 뜻을 제대로 이루지 못하는 기녀의 삶을 대변하고 있다. 애소하는 여인의 모습이 처량하다.

꿈에 뵈는 님이 신의(信義) 없다 하건마는
탐탐히 그리울 제 꿈 아니면 어이 뵈리
저 님아 꿈이라말고 자주자주 뵈소서

화성 기생 명옥의 시조이다.

꿈에 뵈는 님이 믿음이 없다 하건마는 몹시 그리울 때는 꿈 아니면 어찌 볼 수 있으리. 님이시여! 꿈이라도 좋으니 자주자주 보게 해주십시오.

임과 헤어져 있으니 님을 볼 수 있는 방법은 꿈에서밖에 없다. 신의가 없어도 좋다. 그리울 때 꿈에서라도 만날 수 있으면 된다. 님에 대한 애틋한 마음을 이리도 곡진하게 표현했다.

청조(靑鳥)도 다 나라나고 홍안(鴻雁)이 끄치엿다

수성(水城) 적소(謫所)에 다만 한 꿈분이로다

꿈 길이 자최 업사니 그를 슬허 하노라

입리월(立里月)의 시조이다. 가람본 『청구영언』에 그녀의 시조 두 수
가 실려 있다.

청조도 다 날아가고 기러기도 다 그쳤다. 수성 적소는 세상과 단절된
곳으로 임과 화자가 만날 수 없는 절역의 유배지이다. 수성 적소에 화
자가 있는지 님이 있는지는 모른다. 다만 적소에 있는 사람과 소통할
수 있는 방법은 오로지 꿈밖에 없다. 꿈속을 아무리 찾아다녀도 꿈길에
는 자취가 없으니 이 애타는 심정을 어찌 알 것인가. 이를 슬퍼한다는
것이다.

송대춘 외 「한양에서 떠온 나뷔…」

서울대학본 『악부』에 평남 맹산 기생 송대춘(松臺春)의 시조 두 수가 전한다.

> 한양서 떠 온 나뷔 백화총(百花叢)에 들었구나
> 은하월(銀河月)에 잠깐 쉬여 송대(松臺)에 올라 앉아
> 이따금 매화춘색(梅花春色)에 흥(興)을 계워하노라

'백화총'은 온갖 꽃들이 무더기로 피어 있는 곳을 말한다. 은하수에 뜬 달이라는 뜻의 '은하월'은 기생 이름이며, 소나무 언덕을 뜻하는 '송대'도 물론 기생인 지은이 자신을 말한다. '매화춘색'도 매화에서 느끼는 봄빛인데, 역시 기생 이름 매화춘을 말한다.

한양에서 날아온 나비가 꽃밭에서 노는구나. 한양에서 온 한량들이 미녀들에게 둘러싸여 논다는 얘기이다. 은하월에서도 잠깐 쉬고 송대에도 올라앉으며 매화춘색에도 흥겨워한다고 했다.

이 꽃 저 꽃 찾아다니며 노는, 정처 없는 탐화랑을 뉜들 탓할 수 있겠느냐. 다정도 병이라면 병이다. 웃음이나 파는 기녀는 체념하면서 살아가야 하는 신세이다. 그래도 은연 중 원망과 탄식이 드러나는 것은 어쩔 수 없나 보다.

> 임이 가신 후에 소식이 돈절하니
> 창 밧긔 앵도화가 몃번이나 피엿난고
> 밤마다 등하(燈下)에 홀노 안자 눈물겨워 하노라

은하월, 매화춘을 떠돌며 송대에도 잠깐 올라앉았던 님이다. 그 님이 내 곁을 떠났다. 창 밖의 앵도화가 몇 번이나 피었는지 몇 해가 지나도 소식이 없다. 밤마다 등불 아래에 홀로 앉아 눈물겨워한다는 것이다. 비감하다.

강강월(康江月)은 맹산(孟山) 기녀이다.

> 기러기 우난 밤에 내 홀노 잠이 업셔
> 잔등(殘燈) 도도혀고 전전불매(轉輾不寐) 하난 차에
> 창 밧긔 굴근 비 소래예 더옥 망연(茫然)하여라

님과 헤어진 후의 이 역시 망연한 심정을 노래하고 있다.

기러기 우는 밤에 내 홀로 잠이 없어 희미해져가는 등불을 돋우어 켠다. 뒤척이며 잠을 이루지 못하는데 창밖의 굵은 빗소리에 정신은 더욱 멀고도 아득하다.

처량한 기러기의 울음소리와 창밖의 굵은 비 소리에 화자의 외로움만 더해갈 뿐이다. 님과의 이별로 화자는 망연자실, 잠을 이루지 못하고 있는 것이다.

> 시시(時時)로 생각(生覺)하니 눈물이 몃 줄기오
> 북천(北天) 상안(霜雁)이 언의 때여 도라올고
> 두어라 연분이 미진(未盡)하면 다시 볼가 하노라

이 또한 강강월의 시조이다. 때때로 헤어진 님을 생각하니 몇 줄기 눈물이 주르르 흘러내린다. 소식 전해줄 북쪽 하늘의 기러기는 어느 때 돌아올지 알 수 없다. 두어라 기약이 없다 말고 연분이 다하지 않았다면 다시 볼 날 있으리라. 운명에 맡길 수밖에 없다.

기녀의 신분이기에 처지가 님을 붙잡을 수도, 님께 돌아와 달라고 할 수 없다. 님의 처분만 기다릴 뿐 밤에 홀로 눈물을 뿌릴 수밖에 없다. 그것이 기녀의 일상적인 삶이다. 기녀라 한들 왜 사랑하고 싶지 않고 곁에 두고 싶지 않고, 한 남편의 아녀자이고 싶지 않겠는가.

부동 「성은을 아조 닛고…」

성은(聖恩)을 아조 닛고 고당학발(高堂鶴髮) 모르고져
옥중에 쇠여진 줄 뉘 타슬 하단 말고
뎌 임아 널노 된 일이니 네·곳칠가 하노라

부동은 생몰연대 미상의 기녀이다.

위의 시조는 춘향과 이 도령의 대화로 이루어져 있다. '고당학발' 은
집에 계신 늙으신 부모님을 말한다. 사랑을 위해 임금의 은혜를 아주
잊고 늙으신 부모님도 몰라보고 싶구나. 이 도령의 말이다. 옥중에서
죽게 된 춘향이를 누구 탓이라 하겠느냐. 저 님아. 이 도령으로 인해 이
렇게 된 일이니 님이 고쳐주시길 바라나이다. 춘향의 말이다. 사랑이
충과 효보다 더 위에 있음을 말해주고 있다.

춘향은 부동 자신이다. 옥중의 죽음은 신분 때문이기도 하지만 사실
은 임이 나를 사랑해서 그런 것이라고 말하고 있다. 신분 제약 때문에
사랑하고 싶어도 사랑하지 못하는 심정을 이 도령과 춘향의 대화를 통

해 보여주고 있다.

> 춘향이 네롯더냐 이 도령 긔 뉘러니
> 양인일심(兩人一心)이 만겁(萬劫)인들 불을소야
> 아마도 이 마암 비최기는 명천(明天)이신가 하노라

춘향이 너이더냐 이 도령이 그 뉘이더냐, 두 사람이 한마음 되어 오랜 세월 살 수만 있다면 부러울 게 어디 있더냐. 아마도 이 마음 알아주는 이는 대명천지 하늘밖에 없다는 것이다.

명천에 하소연하고 있으니 심정인들 오죽이나 답답하랴. 기녀 신분으로 영원히 사랑하는 것이 불가능하다 하나 그래도 하늘이 알고 있으니 항변이라도 하는 것인가.

> 청조(靑鳥)가 유신(有信)타 말이 아마도 허랑(虛浪)하다
> 백리(百里) 수성(水城)이 약수(弱水)도곤 머돗던가
> 지금(至今)에 무소식(無消息)하니 잠 못 닐워 하노라

님은 화자 곁을 떠났다. 그리운 님 소식을 알고자 신의가 있는 청조를 보냈으나 그 청조 역시 돌아오지 않았다. 청조가 유신하다는 말이 허랑하다는 것이다. 백리 수성이 어디 약수보다야 멀겠는가. 소식이 없으니 전전반측 잠을 못 이루겠다는 것이다. 청조라 한들 님의 소식 전해주지 못하니 님에 대한 미움과 그리움을 어찌하겠느냐는 것이다.

청조는 『한무고사(漢武故事)』에 나오는 말로 반가운 사자나 편지, 선녀 등을 이르는 말이다. 한시나 시조에서 소식이 돈절할 때 님을 대신

해 자주 등장하는 새 이름이다.

옛날 한 무제의 창 앞에 푸른 새 한 마리가 와서 울었다. 신하에게 무슨 새냐고 물었더니 동방삭이 "서왕모가 오늘 밤 내려온다는 소식을 전하러 온 새"라고 말했다. 그날 밤 서왕모가 하강하여 한 무제와 인연을 맺었다는 이야기가 전해오고 있다. 이렇게 파랑새가 물고 온 편지는 서왕모가 온다는 언약이며, 또한 님에 대한 믿음을 의미하기도 한다.

서왕모는 중국 서쪽 곤륜산에 산다는 여신으로 나이를 먹지 않는다는 절세의 미녀이다. 곤륜산 밑에는 약수라는 강이 흐르고 있어 용 이외의 자들이 건너려고 하면 빠져 죽는다고 한다. 그런 약수보다 멀지 않은데도 님 소식이 없으니 하 답답하다는 것이다.

채금홍 「대동강 푸른 물결…」

슬프다, 조선의 명기 계월향이여,	嗟歎前朝桂月香
꽃다운 혼백 어디서 홀로 슬퍼하는가	芳魂何處獨悽傷
연광정 붉은 난간은 바스라지고	練光亭上朱欄朽
의열사 뜰앞에는 잡초만이 무성하네	義烈祠前蔓草長

1919년 3월 1일 기미독립운동이 일어나자 기녀 채금홍은 임진왜란 때의 의기 계월향 사당을 참배한 후 위의 한시 「술회(述懷)」를 남겼다. 이 시가 평양 시내에 널리 애송되자 채금홍은 평양 경찰의 요시찰 인물로 지목되어, 고등계 형사의 혹독한 취조와 10일간의 구류 처분을 받았다. 금홍의 나이 스무 살이었다.

채금홍이 읊은 평양 명기 계월향은 임진왜란 당시 평안도병마절도사 김응서의 애첩이었다. 왜장에게 접근, 김응서로 하여금 적장의 머리를 베게 한 뒤 자신은 자결했다. 사람들은 조선 의기의 대명사로 남논개 북계월향이라고 말하고 있다.

채금홍의 시를 보고 스승 최재학도 눈물을 흘렸다고 한다.

채금홍은 시조에도 독립에 대한 염원을 담았다.

> 창덕궁 바라보며 통곡하는 노소남녀
> 신민(臣民) 된 의(義)가 중해 애도하는 심정이리
> 순종이 한말(韓末)이기에 그를 슲어 하리라

순종이 승하하자 그녀는 곧바로 상경했다. 창덕궁 앞은 통곡하는 남
녀노소로 인산인해를 이루었다. 이 광경을 보고 순종의 죽음이 곧 망국
이라는 탄한의 시조 한 수를 남긴 것이다.

불합리한 시대 의식을 비판한 시조도 있다.

> 아미산(娥眉山) 공동묘지 높고 낮은 저 무덤엔
> 주문백옥(朱門白屋) 구별 없고 양반상놈 차별없다
> 가련한 인간공도(人間公道)를 여기서만 보노라

평양 기자림 뒤에 아미산이 있는데, 그 산은 한일합병 후 평양 시민
의 공동묘지가 되었다. 이 묘지를 보고 읊은 시조이다. '주문'은 부자,
'백옥'은 가난한 사람을 뜻한다. 공동묘지에는 부자와 가난한 자, 양반
과 상놈의 차별이 없다. 인간 세상의 공도(公道)가 여기서만 행해지고
있다는 것이다.

하루는 춘원 이광수, 심천풍이 서울에서 내려와 금홍과 함께 대동강
에서 뱃놀이를 즐기고 있었다. 심천풍은 금홍의 의열사 추모시를 보고

는 필경 남의 시를 차작한 것으로 의심, 여기에서 놀다 내가 먼저 죽었다 가정하고 추모시 한 수를 지어보라고 했다.

홀로 부벽루에 기대어 있자니	獨依浮碧樓
대동강은 근심을 두른 채 흘러만 가네	浿水帶愁流
함께 탔던 사람은 어디에	同乘人何處
헛되이 석양의 쪽배만 바라보고 있네	空見夕陽舟

심천풍은 그 옛날 부용을 못 만난 것을 한탄할 게 없다며 극찬했다. 금홍이 있는데 무엇을 더 바라겠느냐는 것이다. 금홍은 그날을 기념해 아래와 같은 시조 한 수를 남겼다.

대동강 푸른 물결 서해 갔다 다시 오며
능라도 성한 버들 가는 춘풍 잡아매자
청춘을 허송치 말고 삼촌행락(三春行樂) 하리라

평양에는 삼등팔경의 하나인 앵무주와 함께 황학루가 있었다. 중국의 황학루에서 따온 명칭이다. 중국 황학루는 중국 강남 3대 명루의 하나로 무창의 양자강가에 있는 정자이다. 이백이 당나라 현종에게 버림받고 유랑하다 황학루를 찾았다. 여기에서 최호의 시 「등황학루」를 보고 이백은 더 이상 시를 지을 수가 없었다. "무슨 말로 황학루의 아름다움을 이야기하겠느냐"며 한탄하고는 그 자리에서 붓을 던지고는 금릉으로 돌아갔다. 거기에서 최호의 황학루를 본보기로 해 시를 지었는데 그것이 바로 그 유명한 「등금릉봉황대」이다. 그 후 최호는 「등황학루」 이 시 한 편으로 불후의 시인이 되었다.

금홍이 어느 날 스승 최재학 선생을 비롯한 평양의 여러 시인묵객(詩人墨客)과 함께 평양의 황학루에 올랐다. 금홍은 황학루에 대한 고사를 듣고는 황학루에 올라 즉석에서 시 한 수를 지었다.

<table>
<tr><td>최호가 처음으로 황학루에 오르고</td><td>崔顥初登黃鶴樓</td></tr>
<tr><td>이백이 다음으로 황학루에 올랐지.</td><td>李白再登黃鶴樓</td></tr>
<tr><td>평양의 미희와 재자가 함께 모여</td><td>柳京佳人與才子</td></tr>
<tr><td>오늘은 세 번째로 황학루에 올랐네.</td><td>今日三登黃鶴樓</td></tr>
</table>

'유경'은 평양을, '가인'은 채금홍 자신을, '재자'는 최재학 선생을 비롯한 시인묵객을 말한 것이다. 최호와 이백과 대등한 위치에 놓은 것이다. 그녀의 시재에 탄복한 그들은 당시 강동군수 김수철의 발의로 금홍의 시를 새긴 편액을 만들어 황학루에 걸어놓았다고 한다.

황학루는 6·25 때 폭격으로 파괴되었다.

기녀의 존재가 사라져가고 있는 조선 말 평양 기녀 채금홍의 시조 세 수가 기녀시조의 맥을 이어주고 있다.

금홍은 절세의 미인으로 가무와 시재에 뛰어났으나 한 청년 문사와의 사랑을 이루지 못하고 비관, 불교에 귀의했다가 서른 살이 되기도 전에 스스로 목숨을 끊었다. 절명시가 남아 그의 마음을 전해주고 있으니 가인박명은 이를 두고 말함인가. 세상엔 이런 얄궂은 운명도 있는 것이다.

천하에 의탁할 곳 없는 나그네 신세   天下無依客
세상에 버림 받은 삭발한 여인이네   江湖斷髮嬪
가련하구나, 나와 함께 눈물 흘릴 이는   憐我同垂淚
오직 거울에 비친 한 사람뿐이로다   只有鏡中人

매화 외「살들헌 내 마음과…」

19세기 중반 진주 기녀 매화의 시조 4수가 『가곡원류』 일석본에 실려 전하고 있다.

살들헌 내 마음과 알들헌 임의 정을
일시상봉 글리워도 단장심회 어렵거든
하물며 몃몃 날을 이대도록

살뜰한 내 마음과 알뜰한 님의 정을, 일시상봉 그립고 단장심회 힘든데 오랫동안 만나지 못하는 심정은 이루 말할 수가 없구나. 임과의 만남은 짧고 헤어짐은 길기만 하다. 상사의 정은 이리도 절절한 것인가.

이 시조도 종장의 마지막 소절이 생략되어 있다. 시조창으로 불렀던 것으로 보인다. 시조창은 그 마지막 소절을 생략해서 부른다. 시조창은 19세기 전후에 생겼다.

심중에 무한사(無限事)를 세세히 옮겨다가
월사창(月紗窓) 금수장(錦繡帳)에 님 계신 곳 전하고져
그제야 알들이 글리난 줄 짐작이나

　마음속의 무한한 상사의 정을 세세히 옮겨다가 달빛 비친 비단 병풍, 님 계신 사창에 전하고 싶구나. 그제서야 님은 내 심정을 알기나 할까. 내가 얼마나 그리워하는지 짐작이나 할까. 님은 다른 여인과 함께 있으니 더더욱 애가 타고 견디기 어렵다. 상사의 정이 이토록 아리고 애절한 것인가. 사랑을 받지 못하는 기녀로서의 회한과 님에 대한 애틋한 애소가 그지 없이 처연하다.

야심오경(夜深五更)토록 잠 못 이뤄 전전(輾轉)할 제
궂은비 떨어지는 소리에 상사로 단장(斷腸)이라.
뉘라서 이 행색(行色) 그려다가 님의 앞에

　'오경'은 새벽 3시부터 5시까지이다. 밤이 깊어 오경이 되도록 잠 못 이루며 이리 뒤척 저리 뒤척 하고 궂은비 떨어지는 소리에 상사로 창자가 끊어질 듯하다. 누가 이런 행색을 그려서 임께 전해줄 수 있는가. 요구하지도 매달리고 싶지도 않다. 마음을 전해주기만 하면 된다. 깊은 회한에 차 있다. 실낱같은 정이라도 잡을 수 있을까.
　기녀들의 소망이 어디 이 시조뿐이겠는가.

벽천(碧天) 홍안성(鴻雁聲)에 창을 열고 내다보니
설월(雪月)이 만정(滿廷)하여 임의 곳 빗츄ㅣ려니

아마도 심중안전수(心中眼前愁)는 나뿐인가 하노라

위 시조는 일석본『가곡원류』에 실려 있는 평양 기녀 채금홍의 작품이다. 차갑고 푸른 하늘에 기러기 소리 들리누나. 창을 열고 내다보니 눈과 달이 뜰 안에 가득하다. 저 빛도 님 계신 곳을 환히 비춰줄 것이다. 아마도 마음과 눈앞의 근심은 나밖에 또 누가 있겠는가.

눈 내린 추운 겨울, 달빛 시린 밤이다. 님 그리워 잠은 오지 않고 전전반측, 단장심회는 참으로 견디기 어렵다. 이런 내 마음을 님은 아는지 모르는지. 이 밤은 편히 주무시는지 아니 주무시는지. 한탄과 회한만이 있을 뿐이다.

> 뉘라샤 졍 됴타 하던고 이별의도 인정인가
> 평생의 쳐음이요 다시 못 볼 임이로다
> 아매도 졍 쥬고 병 엇기난 나뿐인가

진양 기녀 옥선의 시조이다. 누가 정이 좋다고 했는가. 이별도 인정에 속하는 것이더냐. 이별은 평생 처음이요 님은 다시는 보지 못할 사람이다. 아마도 정 주고 병 얻은 것은 나뿐인가 하노라.

평생 처음으로 사랑한 님이건만 다시는 만날 수 없는 기약 없는 사람이다. 님께 선뜻 정을 주고 말았으니 얻은 것은 못 고칠 상사병뿐이다. 처음부터 깊은 정을 주지 말았어야 했는데 기녀도 사람인지라 밀려오는 그리움은 어쩔 수가 없나 보다.

기녀들의 시조는 대부분 바람같이 스쳐가는 사랑들이다. 정 주지 말

앉어야 했건만 사랑 앞에서는 그게 쉬운 일이 아니다. 님을 사랑하는 마음은 지금도 예와 다를 바가 없다. 남녀 간의 사랑이 어찌 기녀들에게만 있겠는가. 애정을 드러내지 못하는 유교 이념에 철저한 당시 사대부들의 생활 단면을 보는 것 같아 왠지 씁쓸하다.

솔직 담백한 기녀들의 사랑이 어쩌면 현대를 사는 우리들보다 더 순수하고 아름다운 사랑일지도 모르겠다.

문향 외 「오냐 말 아니따나…」

『손씨수견록』에는 다음과 같은 기록과 함께 평안 기녀 시조 한 수가
실려 있다.

평안도 변방 묘향산에 대사가 있었는데 평생 색에 희로의 빛을
나타내지 않았다. 방백이 한 기녀를 불러 "네가 능히 이 대사를
웃기면 너에게 상을 내리겠다"고 하였다. 기녀가 즉각 노래를 지
어 부르니 대사가 듣고 미소를 지었다. 대사의 이름은 여상이요,
서백은 방백(평양감사)이었다.

위수에 고기 업서 여상(呂尙)이 듕 되단 말가
낫대을 어대 두고 육환장(杖)을 디퍼난다
오날랄 서백(西伯)이 와 계시니 함긔 놀고 가려 하노라

여상은 강태공을 말한다. 그는 은나라 주왕의 어지러운 정치를 피해
요동 지방으로 이주해 40년을 은거했다. 이후 주나라로 들어가 종남산

에서 살았다. 그는 매일 위수로 낚시를 갔으나 언제나 빈손이었다.

"아무것도 낚지 못했으니 이제 낚시를 그만두시지요."

주변 사람들의 충고에도 그의 낚시질은 계속되었다. 여상은 어느 날 큰 잉어 한 마리를 낚았다. 잉어의 배 속에는 병법서가 들어 있었다.

문왕은 위수 강변에서 여상을 만나게 되었는데 그가 범상치 않은 인물이라는 것을 알았다.

"태공(문왕의 아버지)께서 말씀하시길 성인이 주나라로 오신다 하였소. 분명 귀공이 그 인물이오. 태공께서는 귀공을 오랫동안 기다려왔소이다."

이때부터 사람들은 여상을 태공망이라 불렀다. 문왕의 선군인 태공이 바랐던(望) 인물이었기 때문이다. 강태공은 무왕을 도와 은나라를 멸망시키고 천하를 평정해 제나라의 제후가 되었다.

위수에 낚을 고기가 없어 중이 되었는가. 낚싯대는 어디 두고 스님이 짚는 육환장을 짚고 다니느냐. 오늘은 서백이 왔으니 함께 놀고 가자는 것이다. 육환장은 스님이 짚고 다니는 지팡이를 말한다. 서백은 기녀를 불러 대사를 웃게 하면 상을 내리겠다는 평양감사 방백을 말한다. 또한 서백은 주나라 문왕의 제후로서의 칭호이기도 하다. 또한 스님의 이름이 여상이니 위수에서 낚시하다 서백에게 발탁되어 그를 주문왕이 되게 한 중국의 여상인 강태공과 같다. 여색을 가까이하지 않는 대사를 웃기기 위해 의도적으로 지은 작품이다.

기녀들에게 이렇게 기지가 돋보이는 작품도 있으나 인간 본연의 자존을 보여준 작품들도 있다.

선조 37(1604) 5월 송포 정곡은 중국에 사신으로 갔다가 돌아오는 길에 잠시 성천에 머물렀다. 그곳에서 기녀 문향과 깊이 사귀었다.

오냐 말 아니따나 실커니 아니 말랴
하늘 아래 너뿐이면 아마 내야 하려니와
하늘이 다 삼겼스니 날 괼인들 업스랴

'오냐' 라고 말하지 아니해도 내가 싫다는 것을 어쩌란 말이냐. 하늘 아래 너뿐이라면 아마도 '나다' 라고 말하겠지만 하늘이 다 태어나게 했으니 나를 사랑해줄 사람이 없겠느냐. 나도 상대방이 싫다는 것이다.

문향은 정곡을 만나 사랑했는데 실연당한 모양이다. 그러나 여기에는 기녀라도 한 남성의 희롱물일 수 없다는 항변의 뜻이 담겨 있다. 기녀도 상대방과 같은 인격체라는 것이다. 남다른 자존의식을 보여주고 있는 작품이다.

기녀에게는 기다리는 여심만이 있는 것이 아닌 인간 본연의 자존감은 예나 지금이나 숨길 수가 없는 것 같다.

제3부

해학과 풍자의 문학, 장시조

「각시네 되오려논이…」외

각시(閣氏)네 되오려논이 물도 많고 거다 하데
병작(倂作)을 주려거든 연장 좋은 나를 주소
진실로 주기곧 줄 양이면 가래 들고 씨 디어볼까 하노라

외설적 표현은 직설적으로 말하지 않는다. 상스러운 말은 점잖지 못
하다 하여 가려서 말하거나 에둘러서 말한다. 위의 작품은 얼핏 머슴이
논에서 소작을 하게 해달라고 청하는 것처럼 보이나 '각시네' 그 한 단
어가 문장 전체의 의미를 바꿔놓은 시조이다.

'오려'는 '올벼'(제철보다 일찍 여무는 벼)의 옛말이다. '되오려논'은 '작
은 올벼의 논'이란 뜻이다. 일찍 익는 벼를 심은 논, 물도 많고 기름진
논이라는 뜻이다. '물도 많고 걸기도 한 각시네 한귀퉁이 논'은 물론 여
성의 옥문을 은유한 말이다. '연장'은 일하는 도구지만 여기서는 남성
의 성기를 속되게 이르는 말이다. '물도 많고 건 논'은 여성 쪽이지만,
'연장 좋은 나'는 남성 쪽이다. 그런데 소작이 아닌 병작이다. 소작은

농토를 갖지 못한 농민이 일정한 소작료를 지급하며 다른 사람의 농지를 빌려 농사를 짓는 것을 말한다. 병작은 배메기로 수확량의 절반을 소작인과 지주가 나누어 갖는 반작을 말한다. 결국 공동 작업을 하자는 말에 다름 아니다. 병작의 속뜻은 '함께 서로 즐기자'는 것이다. 여성에게 남편이 있음을 은근히 드러내주고 있다. '주기 곧 줄 양이면'은 '주기만 할 것 같으면'이란 뜻이다. 있을 수 없는 일이고 있어서는 안 되는 일이다. 아내 있는 남편에게 어찌 그런 청을 할 수 있겠는가. 남자의 여인에 대한 가슴 설레는 동경이 깊숙이 숨겨져 있다. 아이러니 아니면 넉살일지 모르겠다. 유머는 답답한 일상생활의 출구이다. 이런 은유도 있는가.

'가래'는 줄을 매어서 잡아당기게 되는 삽과 비슷한 농기구로 흙을 파헤치거나 떠서 던지는 기구이다. 여기에는 묘한 성적 행위가 숨어 있어 사람들이 알아차리기가 쉽지 않다. 논이나 밭을 갈아야 농사를 지을 수가 있다. '씨 디어볼까'는 '씨를 떨어뜨려볼까'라는 뜻이다. 여기에 씨를 뿌려본다는 것이다. 성적 행위를 에둘러서 말한 것이다.

이 시조는 자연스러워 책잡을 일이 없다. 할 말을 다 하고 있어서 시원하기까지 하다. 주인의 논에 자기도 들어가서 씨를 뿌리게 해달라고 하고 있으니 실소를 자아내게 한다. 남편 있는 여인을 유혹하는 이런 익살도 있는가. 음담패설일 수도 있으나 그 익살이 재미있어 웃음이 절로 터진다.

성이라는 종족 본능은 동물의 본성이며 자연의 이치이다. 하나를 더 들어본다.

제3부 해학과 풍자의 문학, 장시조

신윤복 〈기다림〉· 이 여인은 송낙을 말아 쥐고 담장 쪽을 연신 바라보고 있다. 누군가를 기다리고 있는 모양이다. 연인에게 무슨 일이 일어난 것일까.

중놈도 사람인 양하여 자고 가니 그리워라

중의 송낙 나 베고 내 족두리 중놈 베고 중의 장삼 나 덮고 내 치마란 중놈 덮고 자다가 깨달으니 둘의 사랑이 송낙으로 하나 족두리로 하나

이튿날 하던 일 생각하니 흥글항글하여라

신분은 사람이 만들어낸 것이요 성은 자연이 만들어낸 것이다. 함께 자는데 신분차별이 무슨 문제가 되겠는가. 중이 사람 취급도 제대로 못 받던 시대에 중과 함께 관계한 여자의 독백이다.

중의 모자 송낙은 여인이 베고 족두리는 중이 베고, 장삼은 여인이 덮고 치마는 중이 덮고 자니 둘의 사랑이 하나가 되었다. 이튿날 정신 못 차리고 들떠서 실실 웃고 있는 여인의 모습이 눈에 선하다.

사랑은 앞뒤도 없고 안팎도 없다. 대놓고 얘기하지 못할 뿐이다. 신비하고도 숭고한 것이 사랑이 아닐까 싶다.

「갈가 보다 말가 보다…」 외

현존 장시조는 500여 수이며 이 중 작가가 알려져 있는 것은 남성 작가 14명에 70여 수 정도이다. 나머지는 작자 미상으로 여성이었을 것으로 추정하고 있으며 애정에 관한 것들이 대부분이다.

　　갈가 보다 말가 보다 님을 따라서 안이 갈 수 없네
　　오늘 가고 래일 가고 모레 가고 글피 가고 하루 잇틀 사흘 나흘 곱잡아 여들에 팔십 리(八十里)를 다 못 갈지라도 님을 따라서 안이 갈 수 업네 천창만검지중(中)에 부월이 당견할지라도 님을 따라서 안이 갈 수 업네 남기라도 향자목은 음양을 분(分)하야 마주나 섯고 돌이라도 망부석은 자웅을 따라서 마주나 섯는데
　　요내 팔자는 웨 그리 망골이 되야 간 곳마다 잇을 님 업서져 나 못 살겠네.

중장이 길어진 형태이며 종장 첫 소절 세 음절도 지켜지지 않았다.
하루 이틀 사흘 나흘 곱쳐 여드레 팔십 리를 다 못 갈지라도 님을 따

라 아니 갈 수가 없다 하였고 천창만검(千槍萬劍) 가운데 부월이 닥칠지라도 님을 따라 아니 갈 수 없다 하였다. '천창만검'은 수많은 무기를, '부월(斧鉞)이 당전(當前)'은 중형을 받아 죽음이 눈앞에 닥치는 상황에 비유하여 이르는 말이다. 부월은 형구로 쓰이던 작은 도끼와 큰 도끼를 아울러 이르는 말이다.

어떤 고난이 있어도 님만을 따르겠다는 것이다. '향자목'은 은행나무를 뜻하고 '망부석'은 남편을 기다리다 죽어 화석이 되었다는 전설적인 돌을 뜻한다. 이 향자목과 망부석도 음양이 서로 마주 보고 있는데 기구한 내 팔자는 망골이 되어, 있을 님이 없으니 못 살겠다는 것이다. '망골(亡骨)'은 못된 언행으로 주착 없는 사람을 욕되게 이르는 말이다.

> 다려가거라 끌어가거라 나를 두고선 못 가느니라
> 여심(女心)은 종부(從夫)랬스니 거저 두고는 못 가느니라
> 나를 버리고 가랴 하거든 청룡도 잘 드는 칼노 요참이라도 하고서 아래 토막이라도 가저 가소 못 가느니라 못 가느니라 나를 바리고 못 가느니라 나를 바리고 가랴 하거든 홍로화(紅爐火) 모진 불에 살을 터이면 살우고 가소 못 가느니라 못 가느니라 그저 두고는 못 가느니라 그저 두고서 가랴하거든 여산폭포(廬山瀑布) 흘으는 물에 풍덩 더지기라고 하고서 가쏘 나를 바리고 가는 님은 오리(五里)를 못 가서 발 병(病)이 나고 십 리를 못 가서 안즌방이 되리라
> 참으로 임 생각 그리워서 나 못 살겟네

몸부림치는 화자의 모습이다. 여필종부이니 나를 두고 혼자서는 못

떠난다는 것이다. 나를 버리고 가려거든 청룡도 잘 드는 칼로 허리를 베어 아래 토막이라도 가져가든가 시뻘건 화로 모진 불로 사르고 가든가 아니면 여산폭포 흐르는 물에 풍덩 던지고 가든가 자기를 죽이고 가라는 것이다. 날 버리고 가면 오 리를 못 가서 발병이 나고 십 리를 못 가서 앉은뱅이 되리라고 저주하고 있다. 섬뜩한 여인이다.

고려속요는 그렇게까지 하지는 않았다. 「가시리」는 오지 않을까 봐 임을 떠나보내지만 가시는 듯 다시 돌아오라는 기다림의 여인이었다. 질투심이 많은 「서경별곡」이라도 단장의 이별을 노래했을 뿐이며 한 많은 「이상곡」도 애처롭게 살아가는 여인의 정열을 묘사했을 뿐이다.

이 시조의 여인과 같은 독부는 고려속요에서도 찾아볼 수 없는, 사회적 체면이나 이목을 전혀 의식하지 않는 어느 하층민의 노류장화였을 것으로 보인다. 그녀들만의 속고 또 속는 사랑에 대한 저주가 이런 노래까지 만들어내지 않았는가 생각된다.

「귓도리 져 귓도리…」 외

귓도리 져 귓도리 에엿부다 져 귓도리
　어인 귓도리 지는 달 새난 밤의 긴 소리 쟈른 소리 절절(節節)이
슬픈 소리 제 혼자 우러녜어 사창(紗窓) 여윈 잠을 살뜨리도 깨우
난고야
　두어라 제 비록 미물(微物)이나 무인동방(無人洞房)에 내 뜻 알
리는 저뿐인가 하노라

　귀뚜라미, 저 귀뚜라미, 불쌍하구나 저 귀뚜라미. 어찌된 귀뚜라미인
가, 지는 달, 새는 밤에 긴 소리 짧은 소리, 마디마디 슬픈 소리. 저 혼자
울고 울어, 여인의 방에 설풋 든 잠을 잘도 깨우는구나. 두어라, 제 비
록 미물이기는 하나 홀로 있는 방, 내 뜻 알아줄 이는 저 귀뚜라미뿐인
가 하노라.
　사별했을까. 돌아오지 않고 있을까. 막 새벽으로 넘어가는 삼경, 사
창의 무인동방에서 몹시도 님을 그리워하고 있는 이 여인. 새벽녘에 이
르러서야 설풋 잠이 드나 이도 귀뚜라미가 잠을 깨운다. 미물이기는 하

나 슬피 우는 저 귀뚜라미가 참으로 불쌍하단다. 설핏 든 잠을 살뜰히
도 깨우다니. 내 뜻을 알아주는 이는 그래도 귀뚜라미뿐이란다.

  도대체 님은 누구이며 님을 그리워하는 이 여인은 또 어떤 이일까.
궁금하기만 하니 명시조일 수밖에 없다. 김천택의 『청구영언』(1728) 만
횡청류에 실려 있다.

> 바람도 쉬여 넘난 고개 구름이라도 쉬여 넘난 고개
> 산진(山眞)이 수진(水眞)이 해동청(海東靑) 보라매도 다 쉬여 넘
> 난 고봉장성령(高峯長城嶺) 고개
> 그 너머 님이 왔다 하면 나난 아니 한 번도 쉬여 넘어가리라

  바람도 쉬어 넘는 고개, 구름이라도 쉬어 넘는 고개, 산지니 수지니
송골매 보라매라도 쉬어 넘는 높은 봉우리, 긴 성, 영 같은 고개. 그 너
머에 임이 왔다고 하면 나는 한 번도 안 쉬고 넘어가리라.

  '산진이(산지니)'는 산에서 자란 야생 매이며 '수진이(수지니)'는 사람의
손으로 길들여진 매이다. 해동청은 매 사냥에 쓰이는 참매인 송골매,
보라매는 1년이 안 된 새끼를 잡아 길들인 사냥 매이다.

  바람도, 구름도 쉬었다 가는, 산지니, 수지니, 해동청, 보라매라도 쉬
었다 넘는 고개도 쉬지 않고 넘을 수 있다니 임에 대한 사랑이 어떤지
를 짐작할 수 있다. 『청구영언』『해동가요』『가곡원류』『병와가곡집』
등에 실려 있다.

> 서방님 병들여두고 쓸 것 업셔

종루(鐘樓) 져재 달래 파라 배 사고 감 사고 유자 사고 석류 삿
다. 아차 아차 이저고 오화당(五花糖)을 니저발여고자
수박(水朴)에 술 꼬자노코 한숨게워 하노라

서방님이 병 들어 돈이 될 만한 것이 없어 종루 시장에서 머리카락을
팔아 배 사고 감 사고 유자 사고 석류를 샀다. 아차 아차 잊었구나. 오
화당을 잊었구나. 수박에 숟가락 꽂아놓고 한숨을 짓고 있다.

'달래'는 '다리머리'로 여인들이 머리숱이 많아 보이기 위해 자신의
머리나 남의 머리를 땋아 덧대어 드리우던 일종의 가발이다. '오화당'
은 다섯 가지 색깔의 둥글납작한 중국 사탕을 말한다.

병이 든 남편을 위해 머리를 팔아 이것저것 먹을거리를 샀다. 한시라
도 남편에게 먹이고 싶어 서둘렀다. 어쩌랴 남편이 그렇게도 좋아하던
오화당을 빠뜨린 것이다. 극적인 아내의 음성이 생동감 있고 위트 있게
표현된 명문장이다. 남편을 위한 아내의 마음이 찡하게 진한 여운으로
다가온다. 김수장의 작품이다.

「눈썹은 수나비 앉은 듯…」외

김수장의 시조이다.

눈썹은 수나비 앉은 듯 닛바디는 박씨 까 세운 듯
날 보고 당싯 웃는 양은 삼색도화 미개봉(三色桃花未開峯)이 하
룻밤 빗기운(氣運)에 반(半)만 절로 핀 형상(形狀)이로다
네 부모(父母) 너 삼겨 낼 적에 날만 괴라 삼기도다

눈썹은 수나비가 사뿐 내려앉은 듯, 하이얀 이빨은 박씨를 금방 까
세워놓은 듯, 나를 보고 방싯 웃는 모습은 삼색도화 필 듯 말 듯, 봉오
리가 하룻밤 내린 빗기운에 반만 절로 핀 모습이 바로 네로구나. 너의
부모가 너를 낳을 적에 나만 사랑하라고 생기었도다. 너야말로 절세의
미인이라는 것이다. 작위 없는 수사가 절로 미소를 짓게 한다.
미인을 새에 비유한 다음 작품도 김수장의 시조이다.

갓나희들이 여러 층이오레

송골매 갓고 줄에 안즌 져비도 갓고 백화원리(百花園裡)에 두루
미도 갓고 녹수파란(綠水波瀾)에 비오리도 갓고 땅에 퍽 안즌 쇼
로개도 갓고 석은 등걸에 부헝이도 갓네
　그려도 다 각각 님의 사랑인이 개일색(個一色)인가 하노라

'백화원리'는 온갖 꽃이 핀 뜰 가운데, '녹수파란'은 크고 작은 푸른
물결을 말한다.

계집들도 여러 층이더라. 송골매도 같기도 하고 줄에 앉은 제비 같기
도 하고 백화원리에 두루미도 같기도 하고 녹수파란에 비오리 같기도
하고 땅에 퍽 앉은 솔개 같기도 하고 썩은 등걸에 부엉이 같기도 하다.
그래도 다 각자가 님의 사랑이니 개개인 다 뛰어난 미인인가 하노라.

흔히 미인이라면 흰 살결, 붉은 입술, 복숭앗빛 뺨, 버들 같은 허리 들
을 두고 말한다. 여인을 아름답게 본 나머지 송골매, 제비, 두루미, 비
오리, 솔개, 부엉이 등에 비유했다. 제 눈에 안경이다.

작자미상의 이런 시조도 있다.

　님이 오마 하거날 져녁밥을 일지어 먹고
　중문(中門) 대문(大門) 나가 지방(地方) 위희 치달아 앉아 이수
(以手)로 가액(加額)하고 오난가 가난가 건넌 산 바라보니 거머횟
들 셔잇거날 져야 님이로다. 보션 버서 품에 품고 신 버서 손에
쥐고 곰븨님븨 님븨곰븨 천방지방 지방천방 즌 데 마른 듸 갈희
지 말고 워렁충창 건너가서 정(情)엣말 하려 하고 흘긋 곁눈 얼핏
보니 상년(上年) 칠월 열사흗날 갈가 벅긴 휘추리 삼대 살드리도
날 소겨다

마초아 밤일식망정 행여 낮이런들 남 우일 번하괘라

님이 온다고 하기에 저녁밥을 일찍 지어 먹고 중문 지나 대문 나가 문지방 위에 뛰어올라 손을 이마에 대고 오는가 가는가. 건너편 산 바라보니 거무희끗한 것이 서 있기에 저것이 님이로구나. 버선 벗어 품에 품고 신발 벗어 손에 쥐고 엎치락 뒤치락 허둥지둥 진 데 마른 데 가리지 않고 후닥닥 건너가서 정겹게 말하려고 곁눈으로 힐끗 보니 작년 칠월 십삼 일에 벗겨 세워놓은 삼대가 완전히 날 속였구나. 두어라, 밤이기에 망정이지 행여 낮이었으면 남들 웃길 뻔했구나.

해 질 녘이다. 빨리 만나기 위해 진 데 마른 데 가리지 않고 허둥지둥 달려가는 시골 총각의 모습이 눈에 선하다. 진실이 밝혀지는 순간 화자의 실수에 절로 웃음이 나온다. 어두웠으니 망정이지 낮이었으면 어쩔 뻔했을 것인가.

얼마나 다급했으면 삼대가 님으로 보였을까 싶다. 사랑하면 콩깍지가 씐다는 말이 틀린 말은 아닌 것 같다. 진솔한 인간미를 느낄 수 있어 왠지 호감이 간다.

「민남진 그놈…」외

민남진 그놈 자총(紫鯼) 벙거지 쓴 놈
소대서방(書房) 그놈은 삿벙거지 쓴 놈 그놈 민남진 그놈 자총
(紫鯼) 벙거지 쓴 놈은 빈 논에 정어이로되
밤중만 삿벙거지 쓴 놈 보면 샐별 본 듯하여라

'민남진'은 본 남편을, '소대서방'은 샛서방, 사이서방, 기둥서방을
말한다. '자총 벙거지'는 자줏빛 말총으로 만든 벙거지로 본서방의 성
기를, '삿벙거지'는 삿갓처럼 생긴 벙거지로 기둥서방의 성기를 상징하
고 있다. '정어이'는 허수아비, '샐별'은 샛별을 의미한다.

본서방 그놈은 자줏빛 말총 벙거지 쓴 놈, 기둥서방 그놈은 삿갓 벙
거지 쓴 놈, 자총 벙거지 쓴 본서방은 빈 논의 허수아비로되 한밤중에
삿벙거지 쓴 놈을 보면 샛별 본 듯 눈이 번쩍 뜨인다는 것이다. 본서방
의 자총 벙거지는 축 처진 빈논의 허수아비에, 기둥서방의 삿벙거지는
번쩍이는 샛별에 비유했다. 한 여인이 남편과 정부의 그것을 비교, 평

하고 있다. 인간의 본능은 어쩔 수가 없나 피식 웃음이 난다.

　　반(半)여든에 첫 계집을 하니 어렷두렷 우벅주벅
　　죽을 뻔 살 뻔하다가 와당탕 드리다라 이리저리 하니 노도령
　　(老都令)의 마음 흥글항글
　　진실로 이 자미 아돗던들 길 적부터 할랐다

　'어렷두렷'은 어리둥절한 모양을, '우벅주벅'은 억지로 급하게 서두
르는 모양을 말하고, '와당탕'은 급히 뛰는 모양을 '흥글항글'은 마음
을 진정 못해 들떠 있는 모양을 말한다.

　나이 사십에 첫 계집과 관계를 하니 어리둥절하고 급하고, 죽을 뻔
살 뻔하다 와당탕, 달려들어 이리저리 정신없이 하니 노총각의 마음이
흥글항글 무아지경이다. 진실로 이 재미를 일찍 알았던들 기어다닐 적
부터 할 것을 그랬다는 것이다.

　사십의 첫 정사 장면이 그럴 듯하다. 사실적이면서도 박진감이 있고
익살스럽다. 어렷두렷, 우벅주벅, 와당탕, 흥글항글 등의 의태어, 의성
어가 정사 장면에 생동감을 더해주고 있다. 종장에서는 상스러운 듯 익
살을 부리는데 그래서 웃음보가 터진다.

　　니르랴 보자 니르랴 보자 내 아니 니르랴 네 남진다려
　　거즛거스로 물 긷는 체하고 통으란 나리워 우물전에 노코 또아
　　리 버서 통 끝에 걸고 건너집 자근 김서방(金書房)을 눈깨어 불너
　　내여 두 손목 마조 덥썩 쥐고 슈근슉덕하다가셔 삼바트로 드러가
　　셔 므스 일 하난지 잔삼은 쓰러지고 굴근 삼대 꼿만 남아 우즑우

즑하더라 하고 내 아니 니르랴 네 남편다려

　저 아희 입이 보다라와 거즛말 마라스라 우리는 마을 지어미라

밥 먹고 놀기 하 심심하여 실삼 캐러 갔더니라.

　불륜을 목격한 한 아이가 남편에게 일러바친다고 하니 삼을 캐러 간 것이라고 유부녀가 변명하고 있다.

　일러나 보자 일러나 보자 내 아니 이르랴. 네 남편에게 거짓으로 물 긷는 체하고 물통은 우물가에 내려놓고 건너집 작은 김 서방을 눈짓으로 불러내어 두 손목 마주 덥썩 쥐고 수근숙덕 말하더니 삼밭으로 들어가서 무슨 일 했는지 잔삼은 스러지고 굵은 삼은 끝만 남아 우죽우죽하더라 하고 네 남편에게 내 아니 이르랴. 저 아낙은 입이 부드러워 거짓말을 잘하니 거짓말 마라. 우리는 마을 지어미라 밥 먹고 놀기 하 심심하여 삼 조금 캐러 갔더니라.

　'우죽우죽'은 몸이 큰 사람이나 짐승이 가볍게 율동적으로 자꾸 움직이는 모양을 말한다.

　엉큼하고 교활한 여인이다. 대화체 형식의 장시조로 조선 후기 평민 사회의 한 단면을 보여주고 있는 자료이다. 고려속요의 「쌍화점」이나 「만전춘」의 여인을 연상케한다. 개방적인 성의식이 요즈음과 별반 차이가 없다. 이래저래 인간의 성적 본능은 점잖은 도덕보다 앞서는가 보다. 작자 미상의 장시조들이다.

「얽고 검고 키 큰…」외

얽고 검고 키 큰 구레나루 그것조차 길고 크다

짧지 않은 놈 밤마다 배에 올라 조고만 구멍에 큰 연장 넣어두
고 흘근할적 할 제는 애정(愛情)은커니와 태산(泰山)이 덮누르르
는 듯 잔 방귀(放氣) 소리에 젖 먹던 힘이 다 쓰이노매라

아무나 이놈을 다려다가 백년동주(百年同舟)하고 영영(永永) 아
니 온들 어느 개딸년이 시앗새옴 하리요

'흘근할'은 '곁눈질할', '시앗새옴'은 '시앗', 즉 남편의 첩에 대한 샘
을 말한다.

얽고 검고 키 큰 구레나룻, 물건조차 길고 넓다. 작지 않은 놈 밤마다
배에 올라타 조그만 구멍에 큰 연장 넣어두고 곁눈질할 때는 애정은커
니와 태산이 덮어 누르는 듯 잔방귀 소리에 젖 먹던 힘까지 다 쓰이는
구나. 아무나 이놈을 데려다가 백 년 함께 살고 영영 아니 온다 해도 어
느 개딸년이 시앗샘을 하겠나.

노골적인 성희 장면이다. 성기가 커서 고생이라는 것이다. 어느 중년 여인의 입담이 막되어먹은 듯 이리도 걸쭉한가. 대담무쌍, 거칠 것이 없다. 부끄러움도 체면도 내던져버렸다. 노골적인 성관계는 은유로 표현하는 것이 일반적이나 음담패설은 상스럽고 마구잡이로 익살을 부려야 제맛이 난다.

장시조 작가들은 중인 출신이나 서민들, 부녀자들이 대부분이다. 많은 작가들이 알려져 있지 않은 것도 도덕이 앞서는 점잖은 시대적 분위기 때문일 것이다. 장시조는 서민들의 생활을 반영한 문학으로 인간의 성정을 솔직 · 진솔, 소박하게 표현한 것이 특징이다.

저 건너 괴음채각 중(槐陰綵閣 中)에 수놓은 처녀야
뉘라서 너를 농(弄)하여 넘노는지 세미옥안(細尾玉顔)에 운환(雲鬟)은아죠 흐트러져 봉잠(鳳簪)조차 기울었느냐
장부(丈夫)의 탐화지정(探花之情)은 임금불(任不禁)이니 일시화용(一時花容)을 아껴 무슴하리요

'괴음채각'은 홰나무 그늘에 있는 단청한 누각을, '세미옥안'은 가는 눈썹의 어여쁜 얼굴을, '운환'은 헝클어진 머리를, '봉잠'은 봉황을 새긴 비녀를, '탐화지정'은 꽃을 찾는 정을, '임금불'은 마음대로 금할 수 없음을, '일시화용'은 잠시 동안의 꽃 같은 얼굴을 말한다.

저 건너 큰 회나무 그늘 밑에 보이는 저 집 안방에서 수를 놓고 있는 저 처녀야. 누가 너를 희롱하여 놀았는지 곱고 앳된 얼굴에 쪽찐 머리가 다 헝클어지고 비녀가 다 기울어졌단 말이냐. 아니다. 탓할 게 무

엇인가. 장부가 미인을 탐하는 것은 인지상정이거늘, 사람의 힘으로는 어쩔 수가 없는 것이거늘 청춘 시절 한때의 얼굴을 아껴서 무엇하겠느냐.

여기에서 처녀와 봉잠은 모순이다. 비녀를 꽂았으면 쪽찐 머리요, 쪽찐 머리는 처녀가 아니기 때문이다. 처녀는 머리를 땋아 늘어뜨린 것이 일반적이다. 가릴 것이 아니라면 무슨 상관이 있으리오. 장부의 탐화지정은 마음대로 금할 수가 없으니 한때의 아리따운 얼굴을 아껴서 무엇하겠느냐? 쪽찐 머리가 흐트러지고 비녀가 삐뚤어졌다니 당시의 장면을 상상하고도 남음이 있다. 에로틱하지만 그렇다고 그렇게 난만하지도 않다.

> 콩밭에 들어 콩잎 뜯어 먹는 검은 암소 아무리 이라타 쫓은들
> 제 어디로 가며
> 이불 안에 든 님을 발로 툭 차 미적미적하면서 어서 가라한들
> 날 버리고 제 어디로 가리
> 아마도 싸우고 못 말릴 손 님이신가 하노라

소는 콩을 좋아한다. 콩잎 뜯어먹고 있는 소를 쫓아낸들 제 어디로 가나 막무가내이다. 이와 진배없는 것이 이불 안에 든 님이다. 발로 툭 찬다 해서 어디 나갈 것이며 어서 나가라 한들 날 버리고 갈 것인가. 싸우고도 못 말리는 것이 낭군이라는 것이다.

음양이 있어 세상은 존재한다. 음양의 조합이 바로 남녀 간의 조화이자 사랑이다. 수다와 익살이 있어 되려 밉지가 않다. 익살과 재치로 억

압된 서민들의 삶을 솔직, 질박하게 풀어내는 데에는 장시조만 한 것이
없다.

「두터비 파리를 물고…」외

두터비 파리를 물고 두엄 우희 치달아 앉아
건넌 산(山) 바라보니 백송골(白松骨)이 떠 있거늘 가슴이 끔찍
하여 풀떡 뛰어 내닫다가 두엄 아래 자빠지고
모쳐라 날랜 낼시망정 어혈질 뻔하괘라

얼마나 익살스러운가. 파리를 힘없는 백성으로, 두꺼비를 어리석은 탐관오리로 풍자한 작자 미상의 장시조이다.

두꺼비가 무슨 큰 사냥이나 한 것처럼 겨우 파리 한 마리 잡아 물고 높은 산에라도 오른 듯 의기양양하게 두엄 더미 위에 올라 앉아 있다. 이게 웬일. 이크. 저 건너 산을 바라보니 하늘에 송골매가 둥 떠 있다. 가슴이 뜨끔하여 얼떨결에 피한다는 게 펄떡, 그만 두엄 더미 아래로 벌렁 나자빠지고 말았다. 송골매를 보는 것만으로 무서워 어쩔 줄 모르는 어리석은 두꺼비이다. 그런데 몸이 날쌘 나이었기에 그 정도였지 정말 어혈질 뻔했다는 것이다. 명문장이다. 자신이 얼마나 작고 초라한

제3부 해학과 풍자의 문학, 장시조

가. 위기에서 재빨리 빠져 나왔다며 스스로를 칭찬하고 있으니 가관도 이런 가관이 없다. '어혈질 뻔'은 피가 맺혀 죽을 뻔했다는 뜻이다.

백성의 고혈을 빨아먹는 탐관오리가 우쭐대는 꼴을 희화적으로 그린, 약자에게 강하고 강자에게 약한 세태를 풍자한 작품이다.

> 소경이 맹과니를 두리쳐 업고
> 굽 떨어진 편격지 맨발에 신고 외나무 썩은 다리로 막대(莫大)
> 없이 앙감장감 건너가니
> 그 아래 돌부처 서 있다가 앙천대소(仰天大笑)하더라

소경이 소경을 둘러업고 맨발로 굽이 떨어진 나막신을 신고 외나무 썩은 다리를 막대 없이 앙금앙금 건너가니 그 아래 돌부처가 서 있다가 하늘을 바라보며 크게 웃더라.

'맹과니'는 소경보다 정도가 좀 나은 시각장애자를 말하고, '편격지'는 굽 없이 납작한 나막신을 말한다. '앙감장감'은 위태롭고 굼뜨게 걸어가는 모양을 뜻한다.

병신 육갑한다고 모순투성이의 세상을 빈정대며 조롱하고 있다. 염병한다는 말이 나올 만큼, 얼마나 답답했으면 이런 시조가 나왔을까 싶다. 이를 보면 예나 지금이나 달라진 게 하나도 없다. 세월이 하 많이 흘렀어도 소재나 방법만이 달라졌을 뿐, 문학의 힘이란 바로 이런 것이 아닌가 싶다.

이정보의 작품 중에도 이와 관련된 재미있는 시조가 있다.

소경이 야밤중에 두 눈 먼 말을 타고

대천을 건너다가 빠지거다 저 소경아

아이에 건너지 마던들 빠질 줄 이시랴

'빠지거다'는 '빠졌도다' 이다.

소경이 야밤중에 두 눈 먼 말을 타고 큰 내를 건너다가 빠졌도다. 저 소경아. 아예 건너지 않았으면 빠질 리야 있겠는가. 과장도 과장이거니와 하지 말아야 할 일을 하고 있으니, 오히려 마음이 아픈, 웃음도 나올 수 없는 시조이다.

세태 풍자는 바로 이 정도는 되어야 한다.

「창 내고쟈 창을 내고쟈…」 외

창 내고쟈 창을 내고쟈 이 내 가슴에 창 내고쟈
　고모장지 셰살장지 들장지 열장지 암돌져귀 수돌져귀 배목걸
　새 크나큰 쟝도리로 뚱닥 바가 이 내 가슴에 창 내고쟈
　잇다감 하 답답할 제면 여다져볼까 하노라

　'고모장지'는 창문의 일종, '셰살장지'는 문살이 가는 장지문, '들장
지'는 들창문, '열장지'는 열창문, '돌져귀'는 돌쩌귀(문설주에 박는 구멍
난 장식 쇠붙이), '배목걸새'는 배목(고리를 문이나 기둥에 매달거나 고정시키는
쇠)의 걸쇠를 말한다.

　창을 내고 싶다 창을 내고 싶다. 이 내 가슴에 창을 내고 싶다. 고모장
지, 세살장지, 들장지, 열장지, 암톨쩌귀, 수톨쩌귀, 배목걸쇠, 크나큰
장도리로 뚝딱 박아 이 내 가슴에 창을 내고 싶다. 가끔 몹시도 답답할
때면 여닫아볼까 하노라.

　얼마나 세상살이가 고달팠으면 가슴에 창을 달고 싶다고 하소연했을

까. 얼마나 답답했으면 그 많은 창을 달고 싶다고 했을까. 가슴에 창을 낸다는 것은 불가능하나 그렇게 해서라도 답답함을 풀고 싶다는 것이다. 가슴에 창을 달다니 기발한 착상이다. 문학이 아니면 표현할 수 없는 방법들이다.

짝사랑이었을까 사별이었을까. '암돌져귀 수돌져귀, 배목걸쇠' 등의 사물이나, '뚱닥 박다' 등의 행위가 남녀의 그것과 사랑을 은유하고 있지 않은가. 그리하지 못하고 있으니 얼마나 답답한 일인가.

> 밋난편 광주 | (廣州) 싸리뷔쟝사 쇼대난편 삭녕(朔寧) 닛뷔쟝사
> 눈경에 거론 님은 뚜닥 뚜두려 방망치 쟝사 돌호로 가마 홍도
> 깨 쟝사 빙빙 도라 물레 쟝사 우물젼에 치다라 간댕간댕하다가
> 워렁충창 풍 빠져 물 담복 떠내난 드레곡지 쟝사
> 어듸 가 이 얼골 가지고 죠릐 쟝사를 못 어드리

'광주' 는 경기도 광주, '쇼대난편' 은 간부, 샛서방, '삭녕' 은 경기도 삭녕, '닛뷔' 는 잇비(메벼의 짚으로 만든 빗자루), '눈경' 은 눈짓, '돌호로' 는 도르르, '워렁충창' 은 급히 달리는 발소리, '드레곡지' 는 두레박을 말한다.

한 여인의 남성 편력을 수다스럽고도 익살스럽게 묘사하고 있다. 본 남편은 싸리비처럼 거칠고 샛서방은 메벼 짚으로 만든 잇비처럼 부드럽다. 눈짓으로 꼬여낸 서방은 뚝딱 두드리는 방망이, 도르르 감는 홍두깨, 빙빙 도는 물레이다. 그래도 뭐니 뭐니 해도 재주꾼은 두레박 장사이다. 우물 앞에 치달아서는 떨어질 듯 간댕간댕하다 그만 워렁충창

제3부 해학과 풍자의 문학, 장시조

풍 빠져 물 담뿍 퍼내는 남다른 재주를 가진 남정네이다. 성행위의 기교를 이렇게 묘사했다.

얼굴이 이 정도면 조리 장사를 못 얻겠는가. 제 얼굴이 제일인 줄 안다. 두레박 장사보다 한 수 위인 조리 장사는 또 어떤 재주꾼일까. 경험하지 못해 궁금하기는 한가 보다.

농계열의 가곡으로 많은 가집에 채록되며 큰 인기를 누렸던 만횡청류의 시조이다. 평롱의 대가 되는 언롱은 흥청거리는 곡조로 매우 흥겨운 곡이다. 웃자고 늘어놓은 얘기이나 여성 화자의 썰이 왠지 허전하면서도 쓸쓸하게 느껴진다.

> 비파(琵琶)야 너난 어이 간되녠듸 앙쥬아리난
> 싱금한 목을 에후로혀 안고 엄파가튼 손으로 배를 쟈바뜻거든
> 아니 앙쥬아리랴
> 아마도 대주소주낙옥반(大珠小珠落玉盤)하기난 너뿐인가 하노라

'간되녠듸' 는 가는 곳마다, '앙쥬아리난' 은 앙알거리느냐, '싱금한' 은 길쭉한, '에후로혀' 는 에둘러 당겨, '엄파' 는 움파(움 속에서 기른 파), '대주소주낙옥반' 은 크고 작은 구슬이 옥소반에 떨어지는 듯한 소리를 뜻한다.

비파야 너는 어찌 가는 곳마다 앙알거리느냐. 홀쭉한 목을 둘러안고 움파 같은 손으로 배를 잡아 뜯는데 앙알거리지 않을쏘냐. 아마도 크고 작은 구슬이 옥소반에 떨어지는 소리는 너뿐인가 하노라.

물론 화자는 남성이다. 남녀 간 애정에 관한 말은 한마디도 없다. 겉으로는 비파의 모양을 묘사한 듯하나 속뜻은 그렇지 않다. 비파는 여성이요 연주자는 남성이다. 비파를 연주하는 행위는 남자가 여성을 애무하는 형상이다. 비파 소리를 여인의 기쁨의 소리로 은유했다. '앙알거리다, 목, 배' 등으로 미루어 짐작할 수 있으며 '대주소주낙옥반'이 너라고 지칭하고 있지 않은가.

외설적 이야기를 범상치 않은 예술적인 은유의 기법으로 처리했다.

우리말의 보고인 작자 미상의 만횡청류의 장시조들이다.

「댁들에 나모들 사오…」 외

댁들에 나모들 사오 져 쟝스야 네 나모 갑시 언매 웨난다 사쟈
싸리남게난 한 말 치고 검부남게난 닷되를 쳐서 합(合)하야 혜
면 마닷되밧습내 삿대혀 보으소 잘 붓슴나니
한 적곳 사 따혀 보며난 매양 사따히쟈 하리라

작자 미상의 대화체로 이루어진 나무 장사의 노래이다.

여러분들 나무들 사시오. 저 장사야, 네 나무 값이 얼마냐? 싸리나무
는 한 말 치고 검불나무는 닷 되를 쳐서 합하여 계산하면 마닷되올시
다. 사 때어보소 잘 붙나니 한 번만 사 때어보면 항상 사 때자 할걸요.

6·25 사변 이후까지, 연탄이 보급되기 이전에는 나무 장사를 흔히
볼 수 있었다. 매일 밥을 해먹어야 하고 한겨울을 넘기려면 나무는 없
어서는 안 될, 삶과 직결된 필수품이었다. 주업으로 하는 나무 장사도
있었고 농한기에 부업으로 하는 나무 장사들도 있었다. 그리고 1960,
70년 대만 해도 화폐 대신 물건 값을 매길 때는 쌀 몇 가마, 몇 말 등으

로 환산해서 말하곤 했다. 나무 장사 얘기는 이제는 먼 옛날 이야기가 되어버렸다.

　　댁들에 동난지이 사오 져 쟝스야 네 황후 귀 무서시라 웨난다
　　사쟈
　　외골내육(外骨內肉) 양목(兩目)이 상천(上天) 전행후행(前行後行)
　　소(小)아리 팔족(八足) 대(大)아리 이족(二足) 청장(靑醬) 아스슥하
　　는 동난지이 사오
　　쟝스야 하 거복이 웨지말고 게젓이라 하렴은

'황후'는 황화(荒貨, 잡화나 팔 물건)를 말하고 '청장'은 맑은 간장을 말한다.

여러분들 게젓 사시오. 저 장사야, 네 물건 그것이 무엇이라 외치느냐? 사자. 바깥은 뼈요 안은 살이요 두 눈은 하늘 향해 있고 앞으로 갔다 뒤로 갔다 움직이며 작은 다리 여덟 개, 큰 다리가 두 개 달려 있고, 싱거운 간장 속에서 아삭아삭 소리내며 씹히는 맛있는 게젓 사시오. 장사야, 매우 복잡하게 외치치 말고 맛있는 게젓이라 말하려무나.

역시 작자 미상의 대화체로 된 게젓장사의 노래이다. 물목만 바뀌었을 뿐 구조나 어조 등이 나무 장사 노래와 거의 같다. 옛날의 게젓 장사는 지금의 반찬 장사에 다름 아니다. 한학자의 현학적인 태도를 게젓 장수에 비유해 시정의 상거래 장면을 해학적으로 표현하고 있다. 쉬운 우리말을 두고 어려운 한자말을 써서 지식을 과시하려는 세태를 풍자하고 있다.

중장에서 장사꾼이 한자 어휘를 동원하여 '게'를 '외골내육'이니, '양목이 상천', '전행후행' 등 장황하게 설명하고 있어 웃음을 자아내게 만든다. 여기에다 '아스슥'과 같은 의성어로 현장감을 살려주고 있다. 종장에서는 거북하게 한자 어휘로 수다스럽게 말하지 말고 쉬운 우리말로 외치라고 한다. 게젓 장수의 현학적인 태도를 익살스럽게 꼬집고 있다.

옛날에는 한문깨나 써야 유식하다는 소리를 듣고 지금은 영어깨나 써야 유식하다는 말을 듣는다. 우리말이 이리 받치고 저리 받치고 있는 것은 예나 지금이나 똑같다. 당시 만횡청류 장시조들은 반어와 풍자, 익살 등으로 가십이나 만평의 역할을 톡톡히 해냈다.

이런한 만횡청류의 장시조들은 17세기 후반 상공업의 발달과 함께 생겨나 18세기에 성행했다. 사설시조, 농시조, 엮음시조라고도 하며 작가층은 주로 작가 미상의 평민가객들이었다. 이들에 의해 시조문학은 큰 변화를 맞이했으며 만횡청류의 장시조라는 또 하나의 시조의 큰 물줄기를 형성했다.

「시어머님 며느리가…」 외

시어마님 며느리가 낫바 벽바흘 구루지 마오
빗에 바든 며나린가, 갑세 쳐온 며나린가 밤나모 서근 등걸에
휘초리나 갓치 알살픠선 시아바님, 볏 뵌 쇳동갓치 되죵고신 시
어마님, 삼년(三年) 겨론 망태에 새 송곳 부리갓치 뾰족하신 시누
의님, 당피 가론 밧틔 돌피 나니 갓치 새노란 윗곳 갓튼 피똥누난
아달 하나 두고,
건 밧틔 멋곳 갓튼 며나리를 어듸를 낫바하시난고

작자 미상의 장시조 원부가이다.

'당피'와 '돌피'는 둘 다 볏과의 한해살이풀인 '피'의 일종인데 '당피'
는 식용 가능하고 '돌피'는 사료로 사용한다. 즉 '당피'는 좋은 곡식이
고 '돌피'는 좋지 않은 곡식인 셈이다.

시어머님, 며느리가 나쁘다고 부엌 바닥을 구르지 마오. 빚 대신 받
은 며느리인가, 물건 값으로 데려온 며느리인가. 밤나무 썩은 등걸에
회초리같이 매서우신 시아버님. 볕을 쬔 쇠똥같이 말라빠진 시어머님.

제3부 해학과 풍자의 문학, 장시조

삼 년간 걸려 엮은 망태기에 새 송곳 부리같이 뾰족하신 시누이님. 좋은 곡식 심은 밭에 돌피 난 것같이 샛노란 오이꽃 같은 피둥이나 누는 아들 하나 두고, 기름진 밭에 메꽃 같은 며느리를 어디가 나쁘다고 나무라시오?

며느리가 시아버지, 시어머니, 시누이, 남편 차례로 푸념하고 있다. 시아버지는 밤나무 썩은 등걸처럼 늙어빠진 육신에 회초리같이 매서운 존재라는 것이다. 시어머니는 볕에 쬐여 말라빠진 쇠똥으로 묘사했다. 말라빠진 쇠똥이라 했으니 얼마나 고약한 심성일 것이며, 부드러운 맛이라고는 찾아볼 수 없다. 시누이는 또 어떤가. 삼 년 걸려 만든 망태기처럼 단단하여 인정머리라곤 하나도 없고 불쑥 삐져나온 날카로운 새 송곳 부리라 했으니 심보가 이만저만 고약한 것이 아니다. 남편이라는 사람은 또 어떤가? 좋은 곡식 심은 밭에 잡초가 난 것처럼 샛노란 오이꽃 같은 피둥 누는 아들을 두었다고 했으니 비실비실해 어디 사내 구실이나 제대로 했겠는가. 그러나 며느리 자기 자신은 기름진 밭에 메꽃같이 탐스럽다는 것이다.

자신에 비해 별 볼 일 없는 시집 식구들인데도 자신이 며느리라는 죄 아닌 죄 때문에 이들로부터 학대를 받아야 한다니 참을 수 없다는 것이다. 고된 시집살이의 어려움을 일상생활에서 얻은 소재를 통해 희화화시켜 해학적이면서 실감 나게 표현하고 있다. 단순히 시집 식구들에 대한 항변만이 아닌, 사회적 제도나 인습에 대한 비판이나 풍자, 어쩌면 최소한 인간이기를 바라는 선언적 의미는 아니었을까.

새약시 쉬집간 날 밤의 질방그리 대엿슬 따려 바리오니 싀어미

이르기를 물나달나 하난괴야

　새약시 대답(對答)하되 싀어미 아달놈이 우리 집 전라도(全羅
道) 경상도(慶尙道)로셔 회령(會寧) 종성(鐘城) 다히를 못 쓰게 뚜
러 어긔로쳐시니

　글노 비겨보와 냥호쟝(兩呼將)할가 하노라

　새색시 시집가던 날 밤 질그릇 대여섯을 때려서 버렸으니 시어미가
값을 물어달라고 한다. 새색시 대답하되 시어미 아들놈이 우리 집 전라
도 경상도로부터 회령 종성 쪽을 뚫어 못 쓰게 만들었으니 그것으로 비
교해보아도 피장파장이 아닌가.

　새색시가 시집가던 날 밤 질그릇 대여섯 개를 깨뜨렸다고 시어머니
가 물어달라고 한다. 이에 새색시는 시어머니 아들놈이 우리 집 전라도
경상도로부터 회령 종성 땅 쪽을 뚫어 못 쓰게 만들었으니 그것으로 비
겨보아도 피장파장이 아니냐며 항변하고 있다. '전라도 경상도'는 여체
의 유방 부분을, '회령 종성 다히'는 여체의 음부를 은유하고 있다. '다
히'는 '편, 쪽'을 말한다. 시어머니 당신의 아들은 나의 육체를 이미 결
딴냈으니 하찮은 그릇 몇 개쯤 깨졌다 해서 그게 무슨 대수냐는 것이
다. '양호장'은 장기에서 빗장을 부르는 것으로 여기서는 피장파장이
라는 뜻이다. 시집 식구들의 고약한 처사에 며느리가 이렇게 이유 있는
항변을 하고 있다.

　얼마나 며느리들이 한이 되었으면 이런 해학과 풍자를 통해서라도
답답한 마음을 풀고 싶어 했을까. 격세지감, 오늘날에는 시어미가 며느
리의 눈치를 보는 세상이 되었다. 참으로 달라져도 많이도 달라졌다.

「각시네 옥 같은 가슴을…」 외

김천택의 『청구영언』 마지막 항에 만횡청류(蔓橫淸類) 116수가 실려 있다. 김천택은 예술적 재능이 남다른 여항가객으로 숙종 때 포교를 지낸 인물이다.

『청구영언』은 만횡청류에 대해 이렇게 설명했다.

> 만횡청류는 노랫말이 음란하고 뜻이 하찮아서 본보기로 삼기
> 에는 부족하다. 그러나 그 유래가 이미 오래되어 일시에 폐기할
> 수 없는 까닭에 특별히 아래쪽에 적어둔다.

만횡청류는 남녀 간의 방탕한 내용의 가사를 치렁치렁 부르는 노래이다. 유교의 영향이 뿌리 깊은 조선에서 당시에 사회적인 지탄을 받은 이런 음악이 활자화된다는 것은 쉽지 않았을 것이다. 저간의 사정이 이정섭이 쓴 후발에 나와 있다.

김천택이 하루는 청구영언 한 책을 가지고 와서 내게 보여주며 말했다. "이 책에는 … 여항과 시정의 음란한 이야기와 저속한 말들도 또한 왕왕 있습니다. … 군자가 이것을 보고 병통이 없다 할 수 있을까요? 선생께서는 어떻게 생각하십니까." 내가 말했다. "걱정할 것 없다, 공자께서는 시경을 정리하며 정풍과 위풍을 버리지 않은 것은 선과 악을 갖추어 권장하고 경계함을 보존하고자 한 때문이다."

이정섭은 "음악을 감상함으로 선과 악을 구별 짓는 것도 나름대로 가치 있는 것"이라 해석해주었다. 김천택은 바로 이 점을 주목해 아무리 지탄을 받았다 해서 한꺼번에 버릴 수는 없었던 모양이다. 김천택은 고심 끝에 과감히 대중의 사랑을 받아온 남녀상열지사인 만횡청류를 『청구영언』에 포함시킨 것이다.

만횡청류에는 남녀의 사랑과 이별, 그리움 등을 노래한 작품도 있지만, 성행위를 노골적으로 표현한, 심지어는 유부녀와 외간 남자, 유부녀와 승려 등 비정상적인 일탈 행위를 노래한 것들이 상당수 수록되어 있다.

각시네 옥 같은 가슴을 어이굴어 대어볼까
토면주(綿紬) 자지(紫芝) 작저고리 속에 깁적삼 안섶이 되어 존득존득 대고지고
이따금 땀 나 붙어 다닐 때 뗄 줄을 모르리라

각시네 옥 같은 가슴팍을 어떻게 좀 대어볼 수 없을까. 명주 자줏빛

작저고리 속에 깁적삼 안섶이 되어 쫀득쫀득 대어보고 싶어라. 이따금 땀 나서 붙기만 하면 떨어질 줄을 모르더라.

남자는 죽도록 어떤 여인을 사랑하고 있는데, 그 여인은 꿈쩍조차 하지 않는다. 옥 같은 여인의 가슴을 만져볼 수 없어 차라리 그 여인의 깁적삼 안섶이 되고 싶다고 애를 태우고 있다. 그래야 땀 흘릴 때 그 여인의 가슴과 쫀득쫀득 닿을 게 아니냐는 것이다. 깁적삼은 깁으로 만든 적삼, 즉 땀이 배지 않게 상체에 받쳐 입는 저고리 모양의 속옷을 말한다. '쫀득쫀득'이라는 촉각적 언어가 실감을 더해준다.

> 나는 임 생각하기를 엄동설한(嚴冬雪寒)에 맹상군(孟嘗君)의 호
> 백구(狐白裘) 같고
> 임은 날 여기기를 삼각산 중흥사(三角山中興寺)의 이 빠진 늙은
> 중놈의 살 성긴 얼레빗이로다
> 짝사랑 외즐김하는 뜻을 하늘이 아시어 돌려 하게 하소서

맹상군의 호백구(狐白裘)는 전국시대 제나라 재상인 맹상군이 진나라 임금에게 바친 옷이다. 여우 겨드랑이의 흰 털가죽을 여러 장 모아 만든 옷으로 왕과 귀족들만 입을 수 있는 명품이다.

남자는 여인을 맹상군의 호백구처럼 끔찍하게 사랑하는데, 여인은 콧방귀조차 없다. 여자가 남자를 머리 깎은 늙은 중이 성긴 얼레빗 대하듯 대한다니 이 얼마나 절묘한 수사인가. 짝사랑 혼자서 즐거워함을 아시어 상대방에게서 나의 사랑을 돌려놓게 해달라는 것이다.

「청천에 떠 있는 기러기 한 쌍…」 외

청천에 떠 있는 기러기 한 쌍(雙) 한양성대(漢陽城臺)에 잠깐 들
러 쉬어가겠느냐

이리로서 저리로 갈 때 내 소식(消息) 들어다가 님에게 전(傳)하
고 저리로서 이리로 올 제 님 소식(消息) 들어 나에게 부디 들러
전(傳)하여주렴

우리도 님 보러 바삐 가는 길이니 전할지 말지 하여라

『청구영언』의 만횡청류에 실려 있는 작자 미상의 사설시조이다. 사
설시조는 농, 낙, 편 계통의 악곡들로 주로 노랫말이 장형인 것들을 부
를 때 사용된다.

'한양성대'는 한양의 궁궐이다. "기러기야 잠깐 서울을 들러 가거라.
그래서 오가는 길에 님께 소식 전해주려무나." 하고 하늘을 나는 기러
기에게 부탁한다. 기러기는 "우리도 바삐 님을 만나러 가는 길이라 그
렇게 해줄 수 있을지는 모르겠다"라고 답하고 있다. 소식을 전해달라

제3부 해학과 풍자의 문학, 장시조

고 부탁했는데도 자기도 님을 만나러 가는 길이라 어렵다는 것이다.

〈달거리〉라는 단가에도 "청천에 울고 가는 저 홍안 행여 소식 바랐더니 창망한 구름밖에 처량한 빈 댓소리뿐이로다"라는 구절이 있다. 이처럼 기러기는 예로부터 사람이 왕래하기 어려운 곳에 소식을 전해주는 동물이자, 그 울음소리가 구슬퍼 처량한 정서를 자아내는 동물로 인식되어왔다.

> 어이 못 오더냐 무슨 일로 못 오더냐
> 너 오는 길 위에 무쇠로 성(城)을 쌓고 성(城) 안에 담 쌓고 담 안에 집을 짓고 집 안에는 두지 놓고 두지 안에 궤(櫃)를 놓고 궤(櫃)안에 너를 결박(結縛)하여 놓고 쌍(雙)배목 외걸새에 용(龍)거북 자물쇠로 수기수기 잠갔더냐 네 어이 그리 아니 오더냐
> 한 달이 서른 날이거니 날 보러 올 하루 없으랴

'쌍배목'은 두 배목(문고리를 거는데 또는 문고리를 문짝에 다는 데 쓰는 물건)을 양쪽에 박고 문고리를 걸도록 만든 쇠이다. '용거북 자물쇠'는 용이나 거북이 모양을 한 자물쇠이다. '수기수기'는 '꼭꼭, 숙이고 숙이고'라는 뜻으로 몇 번이나 확인하여 꼭꼭 채우는 것을 나타내는 말이다.

왜 못 오십니까? 무쇠로 쌓은 성으로 길을 막고, 성 안에 집, 집 안에 뒤주, 뒤주 안에 궤를 놓고 그 안에 꽁꽁 묶여 있습니까? 뒤주와 궤가 단단히 잠겨 있습니까? 그래도 한 달 중에 하루도 여유가 없으시다는 말입니까?

화자는 님이 더 이상 자신을 찾아오지 않을 것을 알고 있다. 그러면서도 계속 기다리고 있는 것이다. 님에 대한 그리움과 원망을 해학적으

로 풀어내고 있다.

'왜 못 오시나요'라고 반복, 강조하고 있고, 여기에다 불가능한 상황을 동원, 님이 못 오는 이유를 제시함으로써 독자들의 웃음을 자아낸다. 그래도 30일 중 하루는 왔어야 하지 않느냐면서 원망 섞인 힐문을 하고 있다. 오지 않을 님을 기다리고 있으니 이리도 사랑이란 짠하고 애잔하기 짝이 없는 것이다.

작품 하나 더 감상해본다.

세상에 있는 온갖 것들 중에서 무엇이 무서운가
호랑이, 승냥이, 이리며, 이무기, 독뱀, 지네, 거미, 밤귀신, 사나운 귀신과 온갖 도깨비, 요괴, 사악한 기운이며 여우귀신, 몽달귀신, 염라사자와 시왕차사를 모두 다 겪어보았지만
아마도 님을 못 보면 애간장이 타서 사라져 죽게 되고, 보더라도 놀랍고 떨려 팔다리가 저절로 녹아서 홀린 것처럼, 취한 것처럼 말도 할 수 없게 되는 것은 님이신가 하노라

온갖 것 중에서 님보다 더 무서운 것이 없다고 했다. '시왕차사(十王差使)'는 시왕(저승에 있다는 십대 왕)이 죄인을 잡으려고 보내는 사자이다. 님을 못 보면 애간장이 타서 죽고 님을 보더라도 놀라 떨려서 말도 할 수 없으니 님이 세상에서 제일 무섭다는 것이다. 사랑하고 싶어도 사랑할 수 없는 심정을 이렇게라도 표현하여 대리 만족을 해야 하는 마음이 안쓰럽고 애처롭다. 사랑할 수 없는 사람을 얼마나 사랑하고 싶으면 이런 말이 나왔을까.

「맹상군가」

천추전(千秋前) 존귀(尊貴)키야 맹상군(孟嘗君)만 할까마는 천
추후(千秋後) 원통(冤痛)함이 맹상군이 더욱 섧다
  식객(食客)이 적돗던가 명성(名聲)이 고요턴가 개 도적(盜賊) 닭
의 울음 인력으로 살아나서 머리 희어 죽어지어 무덤 위에 가시
나니 초동목수(樵童牧豎)들이 그 위로 거닐면서 슬픈 노래한 곡
조를 부르리라 혜었을까 옥문조일곡금(雍門調一曲琴)에 맹상군의
한숨이 오르는 듯 내리는 듯
  아이야 거문고 청 쳐라 살았을 제 놀리라

「맹상군가」는 작자 미상의 작품으로 제목이자 악곡명이기도 하다.
단편 가사로 장가, 사설시조와 형태가 비슷하다. 맹상군의 생애를 슬퍼
하고, 살아 있을 동안에 한껏 놀며 즐기자는 내용이다. 주제가 정철의
「장진주사(將進酒辭)」와 비슷하다. 『청구영언』 『교주가곡집』 등에 전하
고 있다.
  오래전 존귀하기야 맹상군만 할까마는 오랜 뒤의 원통함이 더욱 서

럽구나. 식객이 적었던가 명성이 없었던가 개 도적 닭의 울음 인력으로 살아나서 머리 희어 죽어서는 무덤 위에 가시가 나고 소 치는 아이들이 그 위를 거닐면서 슬픈 노래 한 곡조를 부르리라 생각이나 했었던가. 옹문조 일곡금에 맹상군의 한숨이 오르는 듯 내리는 듯, 아이야 청줄을 쳐 곡조를 맞추어라 살아 있을 때 놀리라.

'옹문조일곡금'은 제나라의 거문고 명인 옹문주가 거문고를 타서 맹상군을 흐느끼게 했다는 고사에서 나온 말이다. '청 쳐라'는 거문고의 현을 조율할 때 괘하청을 쳐서 음을 맞춘다는 뜻이다.

맹상군은 중국 전국시대 제나라의 왕족으로 진, 제, 위나라의 재상을 역임한 정치가이다. 조의 평원군, 위의 신릉군, 초의 춘신군과 함께 '전국사공자(戰國四公子)'로 불리운다. 맹상군은 출신이나 신분에 관계없이 자신을 찾아오는 인물이라면 누구나 식객으로 받아들였다. 개 도둑 출신과 닭 울음소리를 잘 내는 식객까지도 받아들여 다른 식객들이 눈살을 찌푸리기까지 했다. 그러나 맹상군은 전혀 개의치 않았다.

진나라 소왕은 맹상군을 초빙하여 재상으로 삼았다. 이에 진의 신료들은 그가 제나라 사람이므로 필시 진을 위태롭게 할 것이라고 주장하여, 소왕은 결국 그를 감옥에 가두고 말았다.

이때 개 도둑 출신인 식객이 맹상군이 소왕에게 선물했던 호백구를 몰래 도둑질해 와 왕의 애첩에게 바쳤다. 맹상군과 그의 일행은 그녀의 도움으로 무사히 궁을 빠져나올 수 있었다.

국경에 도착했으나 관문은 열리지 않았다. 뒤에는 진나라 군사가 쫓아오고 있었다. 또 한 번의 위기가 닥쳐온 것이다. 이제는 닭 울음소리 잘 내는 식객이 '꼬끼오' 하고 울음소리를 냈다. 성안의 닭들이 일제히 따라서 울어댔다. 경비병들은 날이 샌 줄 알고 성문을 활짝 열었다. 이렇게 해서 맹상군은 무사히 진나라를 탈출할 수 있었다. 그는 제나라로 돌아와 제의 재상이 되었다.

두 식객이 없었더라면 어찌 되었을까. 하잘것없는 재주라도 언젠가는 쓸모가 있는 법이다. 계명구도(鷄鳴狗盜)라는 성어는 이렇게 해서 생겨났다. 사마천은 『사기(史記)』에 "세상에 전하기를 맹상군이 손님을 좋아하고 스스로 즐거워하였다고 하니 그 이름이 헛된 것이 아니었다(世之傳孟嘗君好客自喜 名不虛矣)"고 적고 있어 '명불허전(名不虛傳)'이란 사자성어도 여기에서 비롯되었다.

살아서 산해진미는 무엇이며 억만금은 또 무엇인가. 죽어 술 한 잔 먹을 수 없고 무덤에 십 원 한 장 갖고 갈 수 없다. 이럴 것이라면 남에게 베풀면서 즐겁게 살아가는 것이 훨씬 의미 있는 일이 아니겠는가.

「맹상군가」

「져 건너 월앙 바회…」외

　　져 건너 월앙(月仰) 바회 우희 방즁마치 부헝이 울면

　　녯사람 니론 말이 남의 싀앗 되야 잣밉고 양믜와 백반교사(百般

巧邪)하난 져믄 쳡(妾)년이 급살(急殺)마자 죽난다 하데

　　쳡이 대답하되 안해님겨오셔 망녕된 말 마오 나난 듯자오니 가

옹(家翁) 박대(薄待)하고 쳡 새옴 심(甚)히 하시난 늘근 안해님 몬

져 죽난다데

　　옛사람 이르는 말이 남의 남편의 첩이 되어 몹시 잔밉고도 얄미우
며 온갖 간사한 꾀로 환심을 사려고 하는 젊은 첩년은 급살맞아 죽
는다더라. 첩이 대답하기를 아내님 망녕된 말 마시오. 나는 듣자하
니 남편 박대하고 첩 심히 시기하시면 늙은 아내님이 먼저 죽는다더
라.

　　처와 첩 사이의 갈등이 실감 나게 표현되어 있다. 본처가 "아내 있
는 남자의 첩이 되면 급살맞아 죽는다"고 말하니, 첩이 "남편을 박대하

고 첩에게 시샘하면 아내가 먼저 죽는다"고 맞받아치고 있다. 장군하니 멍군한다.

당돌하기 짝이 없는 첩의 대꾸에 본처가 한 대 얻어맞은 형국이다. 첩이 본처를 꾸짖는 역설적인 상황이 벌어진 것이다. 첩의 입장을 변호하고 있는 듯하다. 가부장제하에서 처첩제도는 이렇게 부정할 수 없는 현실이 되었으니 이를 어쩌겠는가.

불륜을 목도한 시조도 있다.

> 재 너머 싀앗을 두고 손뼉 치며 애써 가니
> 말만 한 삿갓집의 헌 덕셕 펼쳐 덥고 얼거지고 트러졌네
> 이제는 어리복이 반노군(叛奴軍)에 들거고나
> 두어라 메밀떡에 두 장고(杖鼓)를 말녀 무삼 하리오

재 너머 첩집을 갔는데 누추한 작은 초옥에서 서로 멍석을 펼쳐 덮고 엉크러지고 틀어졌구나. 이제는 어리보기 난봉꾼이 되었구나. 두어라 메밀떡에 장고를 말려서 무엇하리오.

'메밀떡에 두 장고'는 성기를 은유한 것이다.

비록 누추한 집이지만 남편과 첩이 저리 좋아하니 남편의 마음이 첩에게 이미 기울어져 있음을 보고 이를 인정할 수밖에 없다는 것이다. 당시엔 이런 것이 가부장제도가 만든 여자의 운명이었으니 무슨 사족을 덧붙이랴.

작첩의 폐단을 지적하면서 그래도 정실 부인밖에 없다는 건실한 시조도 있다.

첩(妾)을 조타 하되 첩의 설폐(設弊) 들어보소

눈에 본 종계집은 기강(紀綱)의 문란(紊亂)하고 노리개 여기첩
(女妓妾)은 범백(凡百)이 여의하되 중문(中門) 안 외방(外方) 관노
(官奴) 긔 아니 어려우며 양가녀(良家女) 복첩(卜妾)하면 그중에
낫건마는 안마루 발막짝과 방 안에 장옷귀가 사부가(士夫家) 모
양(貌樣)이 저절로 글너가네

아무리 늙고 병드러도 규모(規模) 딕히기는 정실(正室)인가 하
노라

신헌조의 『봉래악부』에 나오는 사설시조이다.

첩이 좋다 하나 첩의 폐단을 들어보소. 눈에 본 종계집은 기강이 문
란해지고 노리개 기생첩은 무난하지만 중문 안 지방 관아에 매인 관노
신분이니 양반 노릇 하기에 어려우며 양가의 여식 중에서 성이 다른 이
를 첩으로 들이는 것은 그중 낫지만 안마루의 신발짝을 제대로 간수하
지 못하고 장옷귀도 떨어질 정도로 외출이 잦다면 그로 인해 구설수에
오를 수도 있으니 사대부 가문의 법도가 어그러질 것이 아닌가. 아무리
늙고 병들어도 양반가의 체통을 지키기 위해서는 그래도 정실 부인이
제일 나은가 하노라.

당시에 남자들은 여건이 된다면 첩을 두는 것이 일반적이었으나 아
무리 첩이 좋다 한들 적첩으로 인해 많은 폐해가 있음을 다양한 첩의
행태를 통해 보여주고 있다.

예나 지금이나 그래도 조강지처가 제일이라는 사실은 변함이 없는
것 같다.

제4부

시대정신의 반영, 개화기 시조

대구여사 「혈죽가」

1906년 7월 21일, 『대한매일신보』에 민충공의 우국충절을 기리는 시조 「혈죽가」가 발표되었다. 작자는 사동우 대구여사라고 표기되어 있다. 이 작품은 개화기 시조의 첫 작품으로 1907년 3월에 발표된 최남선의 「국풍 4수」와 함께 초기 개화기 시조의 면모를 알 수 있는 중요한 작품이다.

원문을 3장으로 행갈이했다.

협실의 소슨 대는 츙정공 혈적이라
우로을 불식하고 방즁의 풀은 뜯슨
지금의 위국츙심을 진각세계

츙정의 구든 절개 피을 매자 대가 도여
누샹의 홀노 소사 만민을 경동키난
인생이 비여 잡쵸키로 독야청청

츙정공 고든 절개 포은선성 우희로다

셕교에 소슨 대도 션쥭이라 유젼커든

허믈며 방즁에 난 대야 일너 무삼

「혈죽가」를 현대어로 옮기면 다음과 같다.

협실(夾室)에 솟아난 대나무는 충정공(忠正公)의 혈적(血蹟)이
라

비바람에도 쉬지 않고 방중(房中)에 푸른 뜻은

지금의 위국충심(爲國忠心)을 온 세상이 다 깨닫게 함이다.

충정(忠正)의 굳은 절개(節槪) 피를 맺어 대가 되어

누상(樓上)에 홀로 솟아 만민(萬民)을 경동(驚動)키는

인생에 비겨 잡초(雜草) 키로 대나무가 독야청청(獨也靑靑)함 같
다.

충정공(忠正公)의 곧은 절개 포은(圃隱) 선생보다 위에 있다.

석교(石橋)에 솟은 대도 선죽(善竹)이라 유전(遺傳)커든

하물며 방중(房中)에 난 대나무야 일러 무엇(하리오.)

'협실'은 본채에 딸려 있는 작은 방이며 '충정공'은 민영환을 지칭한
다. 방중에 솟아난 대나무가 민충공의 혈적이라며 충정의 굳은 절개가
피가 맺혀 혈죽이 되었다는 것이다. 그리고 충정공의 곧은 절개는 포은
선생보다 위에 있다고 말하고 있다. 선죽도 시대를 이어 자자손손 유전

하는데 민충공의 혈죽이야 일러 무엇 하겠느냐는 것이다. 당연하다는 것이다.

비분강개했던 당시 시대 상황이 얼마나 절박했는지 이 시조 하나만으로도 충분하다.

1905년 11월 17일 가을 하늘 대명천지에 날벼락이 떨어졌다. 일본의 강압으로 우리나라 외교권이 박탈당했다. 을사늑약 체결이라는 듣도 보도 못했던 초유의 사태가 안마당에서 벌어졌다. 종로 상인들은 가게 문을 닫았고 각 학교도 모조리 문을 닫았다.

『황성신문』 사장 장지연은 1905년, 고종 42년 11월 20일자 단장의 논설 「시일야방성대곡(是日也放聲大哭)」을 게재했다. "이날을 크게 우노라"로 시작해 "단군기자 이래 4천 년 국민정신이 하룻밤 사이에 졸연히 멸망하고 말았구나. 아프다 아프다. 동포여"로 끝나는 만장 같은 울분과 피눈물의 논설이었다.

시종무관장 민영환은 죽기로 상소해 포효했으나 돌이킬 수 없는 대세라는 것을 깨달았다. 그해 11월 30일 유서를 남기고 자결했다.

민영환의 유서이다.

오호라, 나라의 수치와 백성의 욕됨이 바로 여기에 이르렀으니, 우리 백성은 장차 생존 경쟁하는 가운데 모두 멸망하려 하는도다. 무릇, 살기를 바라는 자는 반드시 죽고, 죽기를 기약하는 자는 삶을 얻을 것이니, 여러분들께서 어찌 이를 헤아리지 못하리오. 영환은 다만 한번 죽음으로써 우러러 임금님의 은혜에 보답하고, 그럼으로써 우리 2,000만 동포형제에게 사죄하노라. 영환은 죽되 죽지 아니하고, 구천에서라도 여러분을 기필코 돕길 기약하노니, 바라건대 우리 동포형제들은 더욱더 분발하여 힘쓰기를 더하고, 그대들의 뜻과 기개를 굳건히 하여 학문에 힘쓰고, 마음으로 단결하고, 힘을 합쳐서 우리의 자주독립을 회복한다면, 죽은 나도 마땅히 저 어둡고 어둑한 죽음의 늪에서나마 기뻐 웃으리로다. 오호라, 조금도 실망하지 말지어다. 우리 대한제국 2,000만 동포에게 마지막으로 고하노라.(박영선 번역)

이어 조병세, 홍만식, 이상철 등이 많은 사람들이 자결했고 민영환의 인력거꾼도 목숨을 끊어 일제 침략에 항거했다. 을사늑약과 애국지사들의 잇단 자결로 의병들의 무력 항쟁은 곳곳에서 들불처럼 번졌다.

민영환이 순국한 후 피 묻은 옷과 칼을 상청마루방에 걸어두었는데 이듬해 5월 상청의 문을 열어보니 대나무 네 줄기가 마룻바닥과 피 묻은 옷을 뚫고 올라왔다. 사람들은 그의 충정이 대나무로 나타났다고 해서 이 나무를 혈죽 또는 절죽(節竹)이라 하였다. 시조 「혈죽가」에는 당시의 피맺힌 나라 잃은 아픔이 깊이 자리하고 있었다.

개화기 시조는 예술성을 떠나 현실에 직접 참여, 민족적 울분을 담아내야했으며 개화 의지의 구현이라는 계몽적 기능까지 담당해야 했다. 나라 안팎의 암담한 현실에 응전해야만 하는 우국의 저항문학이요 저항의 계몽문학이 될 수밖에 없었다. 개화기 시조들은 내면적 필요성에서 생긴 문학이 아니었다. 외부적 시대 요청에 의해 태어난 문학이었다.

「혈죽가」를 현대시조의 효시로 보는 견해가 있다. 그러나 종장 넷째 소절의 제거, 행 배열 없는 한 줄 글, 제목 '~歌', 한자투어와 고투어, 위국충절의 노래, 작가의 실명 유무, 고어 표기 등에서 「혈죽가」는 현대적인 어떤 특징도 찾아보기가 어렵다. 현대시조는 내용 면에서 적어도 보편적 질서를 통한 개인적 질서의 획득, 개인적 질서를 통한 보편적 질서가 구현되어야 하는데 「혈죽가」는 이런 점에서 거리가 멀다.

이어 동궤의 작품, 「혈죽가 10절」 등이 1907년 7월 27일에 발표되었고 이후 『대한매일신보』 『제국신문』 『대한민보』 『대학유학생회보』 『태극학보』 『대한학회월보』 『소년』 『청춘』 『매일신보』 등 각종 신문이나 잡지에서 많은 개화기 시조들이 여기저기에서 발표되었다.

개화기 시조는 형식 면에서나 내용 면에서 고시조에서 현대시조로 이어주는 징검다리 역할로 짧은 개화 시대의 안전핀 역할을 했다. 「혈죽가」는 이런 개화기 시조의 첫걸음으로, 개화기 시조의 대표 주자로 커다란 자리매김을 해준 작품이 아닌가 생각된다.

남궁억 「설악산 돌을 날라…」

설악산 돌을 날라 독립기초 다져놓고
청초호(靑草湖) 자유수(自由水)를 영(嶺)너머로 실어 넘겨
민주의 자유 강산을 이뤄놓고 보리라

남궁억이 1906년 봄에 쓴 작품이다. 사동우 대구여사의 「혈죽가」
(1906.7.21)에 앞서 발표되었다. 육당 최남선의 「국풍 4수」(1907)와 함께
개화기 시조의 출발점으로 보는 작품이기도 하다. 제목이 없는 시조인
데 시조시인 서벌이 '무제'라는 제목을 붙였다.

개화기 시조는 형태상으로는 고시조와 같으나 내용상으로는 독립,
저항, 비판, 개화, 신문명 등 시대정신을 담고 있어 고시조와는 확연히
구분된다.

남궁억(1863~1939)은 서재필, 윤치호, 이상재 등과 함께 독립협회를
이끈 독립운동가, 민족 지도자이며 교육자, 언론인이다. 독립협회는
1896년 7월부터 1898년 12월에 걸쳐 민족주의, 민주주의, 근대화운동

을 전개한, 우리나라 최초의 근대적인 사회정치단체이다.

이 시조에는 설악산의 돌을 날라서 독립의 기초를 다져놓고 청초호 자유수를 영 너머로 실어 넘겨 자유민주주의 강산을 이루어놓고 보리라는 남궁억의 강한 의지와 염원이 담겨져 있다.

시조의 초 · 중 · 종장이 독립협회의 강령과도 일치하고 있다. 초장은 독립사상인 민족주의 사상이요, 중장은 자유민권주의 사상인 민주주의 사상이요, 종장은 자강개혁사상인 근대화 사상이다.

'설악산 돌'로 독립사상의 초석을 놓고 여기에 '청초호 자유수'로 민주주의 사상을 전개해 이 나라 근대화를 이룩해보겠다는 것이다. 청초호는 강원도 속초시에 있는 호수이다.

1905년에 을사늑약에 의해 한국 외교권이 박탈되자 장지연이 『황성신문』에 「시일야방성대곡」을 발표했으며 민영환이 자결했고, 1906년에는 최익현, 신돌석이 의병을 일으켜 항거했다. 그야말로 일제의 흉검이 물 샐 틈 없이 옥죄어오던 때였다.

남궁억은 국난을 극복하기 위해서는 교육밖에 달리 방법이 없다고 생각했다. 1906년 1월 강원도 양양군수로 부임하자 그해 7월 양양에 근대식 학교인 현산학교를 설립했다. 일부 유림들의 반대도 있었으나 양양 지역 유지들의 기부금과 문중의 재산으로 동헌 뒷산에 건립했다. 현산학교는 오늘날 양양중고등학교의 전신이다. 이 작품은 현산학교를 설립하기 전에 썼던, 그의 사상이 오롯이 담긴 시조이다.

남궁억은 『황성신문』 창간, 대한협회 창립, 관동학회 창립, 『대한협회월보』 『대한민보』 『교육월보』 등의 발행을 통해 애국계몽운동, 교육구국운동을 다각적으로 전개했다. 또한 배화학당의 교사가 되어 독립사상을 고취시키고 〈애국가〉를 작사했으며, 한글 서체를 창안하여 전국에 보급했다.

1918년 건강 악화로 선조의 고향인 강원도 홍천군 서면 보리울(牟谷)로 낙향했다. 여기에서도 모곡학교와 교회를 건립했다. 그는 애국심을 고취시키기 위해 비밀리에 학교 안에 무궁화 묘포를 만들어 묘목을 전국에 보급했다. 〈무궁화 동산〉이란 노래를 만들어 모곡학교 학생들에게 가르치기도 했으며 오늘날 '무궁화 꽃이 피었습니다' 놀이를 활성화시키기도 했다. 무궁화 사랑은 바로 나라 사랑의 길이라고 생각했다.

1922년에는 찬송가 〈일하러 가세〉를 작곡하기도 했다. 일제시대 때에 이 노래가 삼천리 팔도에 전국적으로 불려졌다.

> 삼천리 반도 금수강산 하나님 주신 동산
> 이 동산에 할 일 많아 사방에 일꾼을 부르네
> 곧 이날에 일 가려고 그 누가 대답을 할까
> (후렴) 일하러 가세, 일하러 가, 삼천리 강산을 위해
> 하나님 명령 받았으니 반도 강산에 일하러 가세

필자가 어렸을 때에도 자주 불렀던 노래이다. 남궁억은 무궁화 정신이야말로 꺼져가는 민족정신을 되살리는 첩경이라 생각했다. 무궁화 하면 남궁억을 떠올리는 이유가 바로 여기에 있다.

1933년 십자당 사건, 일명 '무궁화와 한국 역사 사건'으로 체포되어 복역하다 1935년 석방된 후 고문 후유증으로 77세의 일기로 한 많은 일생을 마쳤다. 저서로 『동사략』 『조선 이야기』 등이 있다. 1977년에

건국훈장 독립장이 추서되었으며 2000년 1월 문화인물로 선정되기도 했다.

남궁억의 민족운동은 무궁화 십자당 사건으로 마감되었으나 그는 "내가 죽거든 무덤을 만들지 말고 과목 밑에 묻어 거름이나 되게 하라"는 유언을 남겨, 죽은 후에라도 과목 밑의 거름이 되기를 바랐다.

여기에 작자 미상의 애국시조 한 수를 더 얹는다. 1908년 11월 29일 『대한매일신보』에 발표된, 「자강력」이라는 제목의 시조이다.

> 삼천리 도라보니 천부(天府) 금탕(金湯)이 이 아닌가
> 편편옥토(片片沃土) 우리 강산 어이차고 남 줄 손가
> 찰아리 이천만중(二千萬衆) 다 죽어도 이 강토(强土)를

'천부'는 하늘이 주신 요새요, '금탕'은 금성탕지, 즉 쇠로 만든 성과 끓는 물을 채운 못으로 매우 견고한 성을 말한다. '편편옥토'는 어느 논밭이나 다 기름지다는 뜻이다.

삼천리를 돌아보니 하늘이 주신 견고한 요새가 이곳이 아닌가. 곳곳 기름진 우리 강산을 어이하자고 남에게 주겠는가. 차라리 이천만 우리 민족 다 죽어도 이 강토는 못 주겠다는 뜻이다.

이천만 동포, 누구나 다 당시의 애국심은 이러했다. 역사는 말한다. 우리 민족의 영원한 등불, 이것이 바로 한서 남궁억의 무궁화 정신이라고.

위국충정의 시조들

개화기 시조는 주로 『대한매일신보』와 『대한민보』를 두 축으로 해서 전개되었다. 짧은 시기 동안 『대한매일신보』에 381수가 실렸고 『대한민보』에는 287수의 적지 않은 시조들이 실렸다. 당시 시가의 주류였던 개화가사 못지 않게 시조 또한 시대정신을 담아내는 데 많은 역할을 하고 있었다.

> 제 몸은 사랑컨만, 나라 사랑 왜 못 하노
> 국가강토(國家疆土) 업셔지면, 몸둘 곳이 어듸매뇨
> 찰아리, 몸은 죽더래도, 이 나라난
> ──「애국조(愛國調)」, 『대한매일신보』(1908.12.5)

제 몸은 사랑하건만 나라 사랑은 왜 못 하는가. 나라가 없어지면 몸 둘 곳이 어디 있겠는가. 차라리 몸은 죽더라도 이 나라는 (빼앗기지 말아야 할 것이 아니냐).

종장에 와서는 죽음도 불사하겠다는 결의에 차 있다. 나라 사랑, 국 토 사랑이 절규에 가깝다.

1907년에 고종이 강제 퇴위 당했고 정미 7조약이 체결되었으며 군대 가 해산되었다. 이 정미 7조약은 일제가 우리의 주권을 빼앗기 위해 맺 은 강제 조약이다. 이런 일련들 사건을 계기로 그해 8월에는 곳곳에 의 병들이 일어났다. 구국항일 무력투쟁이었다. 의병들은 오로지 싸워 이 기는 것만이 나라를 되찾는 유일한 지름길이라 믿었다. 나라의 운명은 첩첩산중, 한치 앞을 내다볼 수 없는 캄캄한 안개 속이었다.

의병의 참상을 『매천야록』은 다음과 같이 전했다.

> 일본군은 사방을 그물 치듯 해놓고 촌락을 샅샅이 수색하고 집 집마다 뒤져서 조금이라도 혐의가 있는 자라면 다 죽였다. 그래 서 길에 나다니는 사람이 없고, 이웃은 완전히 차단되었다. 의병 들은 삼삼오오 흩어져서 도망쳤으나 몸을 숨길 데가 없었으므로 강한 자는 뛰쳐나가 싸우다 죽었으나 약한 자는 기어서 도망하려 다가 칼을 맞았다. 그리하여 무려 수천 명이 죽게 되었다.

조선군 사령부 통계에 의하면 1907년에서 1911년에 이르는 합방 전 후 5년간 입은 의병의 피해는 피살된 자만 1만 7,779명, 부상자는 3, 701명, 체포된 자는 2,139명이었다고 한다.

한민족이라면 어찌 가슴에 불이 나지 않고 오장이 타들어가지 않을 수 있을 것인가. 불을 끌 소화단이 필요했다.

흉중(胸中)에 불이 나셔. 오장(五臟)이 다 타간다

황혜암(黃惠庵)을 꿈에 맛나, 불 끌 약(藥)을 무러보니

애국(憂國)으로, 난 불이니, 복국(復國)하면

　　　　　　—「소화단(消火丹)」, 『대한매일신보』(1909.1.8)

가슴속에 불이 나서 오장이 다 타들어간다. 황혜암을 꿈에서 만나 불을 끌 약을 물어보니 나라 걱정으로 난 불이니 나라를 찾으면 (절로 나으리라 한다). 황혜암은 고종 때의 명의 황도연(黃道淵)을 가리킨다.

「소화단」은 나라를 빼앗긴 울분 토로와 국권 회복에 대한 염원을 담은 시조이다.

내 가슴 쓰러 만져보소. 살 한 점(点)이 업네그려

굼든 아니하여도, 자연(自然) 그러하여

아마도, 우리 국권 회복(國權回復)하면, 이 몸 소생(蘇生)

　　　　　　—「소생단(蘇生丹)」, 『대한매일신보』(1909.1.16)

내 가슴 쓸어 만져보소. 살 한 점 없네그려. 굶지는 아니하였어도 자연 그리 되었으니 아마도 우리 국권이 회복되면 이 몸은 다시 살아날 (것이다).

국토를 내 몸에 비유했다. 이제 떼어낼 살 한 점조차 없다. 이천만 동포가 바라는 것은 절체절명, 오로지 국권 회복이다.

일제의 계획대로 합방은 착착 진행되어갔다. 1908년에는 악독하기로 유명한 동양척식주식회사가 설립되었다. 일본이 조선의 토지와 자원을 수탈하기 위해서였다. 여기에서 온갖 수탈이 자행되었다. 토지를 빼앗

긴 많은 조선 농민들은 미래를 기약하며 일부는 생계를 위해 일부는 독립투쟁을 위해 만주로 이민을 떠났다. 나라의 운명은 바람 앞의 등불이었고 발 디딜 곳은 천 길 절벽 끝이었다. 국민들은 오장이 타들어갔다.

개화기 시조는 간결한 시형 속에 이러한 시대정신을 짧고 굵게, 강하고 직설적으로 담아냈다.

> 이 몸이 이 세상(世上)에, 초목동부(草木同腐) 하고 보면,
> 상제(上帝)의 내신 명령(命令), 거역(拒逆)함이 아닐손가.
> 동포(同抱)여, 이천만인(二千萬人) 한 몸 되여, 위국헌충(爲國獻忠)
> —「순천명(順天命)」,『대한매일신보』(1909.3.10)

이 몸이 이 세상에 초목같이 썩어 없어지면 옥황상제의 명을 거역하는 것이 아닌가. 동포여 이천만이 한 몸이 되어 나라를 위해 충성을 (바치자). 오로지 나라는 찾는 것이 하늘의 지상 명령이라 생각했다. 이천만 동포가 한 몸이 되어 나라를 찾기 위해 분연히 일어서야 한다는 것이다.

> 이목(耳目)도 남과 갓고, 수족(手足)도 온전컷만.
> 어이업슨 굴네 쓰고, 전신불수(全身不遂) 되단 말가.
> 급급(急急)히, 굴레벗고, 완인(完人)되여.
> —「재완인(再完人)」,『대한매일신보』(1909.12.14)

이목도 남과 같고 수족도 온전하건만 어이없는 멍에를 쓰고 온몸을

쓰지 못하게 되었단 말인가. 빨리빨리 멍에를 벗고 온전한 사람이 되어 (나라를 위해 싸우자). 1909년 10월 18일 안중근은 중국 하얼빈역에서 민족의 원흉 이토 히로부미를 사살했다. 이토 히로부미는 조선에 을사늑약을 강요했고 헤이그 특사 사건을 빌미로 고종을 강제 퇴위시킨, 우리나라를 일본의 식민지로 만드는 데 주도적 역할을 한 장본인이었다.

안중근은 이토 히로부미가 죽었다는 말을 듣고는 가슴에 성호를 그으며 말했다.

"천주님이여, 마침내 포악한 자는 죽었습니다. 감사합니다."

안중근이 그를 향해 쏜 여섯 발 중 두 발이 그의 가슴과 복부에 명중했다. 이토 히로부미는 '바가야로(바보자식)', 이 말을 내뱉고는 15분 만에 절명했다. 이듬해 3월 안중근은 중국 뤼순 감옥에서 순국했다.

천지(天地)가 광활(廣闊)한들, 몸둘 곳이 어듸매며.
단군유족(檀君遺族) 귀(貴)한 몸에, 츄한 굴네 쓰단 말가.
모조(某條)록, 일심합력활동(一心合力活動)하야, 사람노릇.
　　　　　　　　— 「사람노릇」, 『대한매일신보』(1910.1.11)

천지가 광활한들 몸 둘 곳이 어디 있는가. 단군의 자손 귀한 몸에 추한 굴레를 썼다는 말인가. 어떤 식으로라도 한마음으로 힘을 합쳐 사람 노릇 (해야 하지 않겠는가).

결연에 차 있다. 민족적 자긍심을 고취시키고 단군 유족의 단결을 호소하고 있다. 이렇게 당시의 염원은 국권 회복와 자주 독립이 최대의 지상 과제였다.

그러나 그해 1910년 8월 29일 일본에게 국권을 빼앗기고 말았다. 반만 년 역사를 통해 단 한 번도 경험한 적이 없는 사상 최악의 비극인 희대의 사기극, 경술의 국치였다.

『대한매일신보』의 시조도 1910년 8월 17일자 작품 「추풍」을 마지막으로 경술국치와 함께 막을 내리고 말았다.

타령조의 시조들

개화기 시조에서 형태상으로 작은 변화 하나가 있었다. 민요인 흥타령조의 여음 삽입이다. 타령은 오래된 음악 곡조 이름이다. 잠시이기는 하나 이 타령조의 뒤틀림 시조가 개화기의 정치·사회를 비판하기도 하고 풍자·조롱하기도 했다.

타령조의 시조들은 『대한매일신보』의 1018호 1909년 2월 9일 「축사경(逐邪經)」에서부터 시작되었다. 작품은 33편이나 된다. 『대한매일신보』에 실린 개화기 시조 전체 편수인 381수에 비해 적은 숫자이기는 하나 시조와 민요의 성격을 배합해 만든 절묘한 발견이었다. 1909년 2월 9일부터 1909년 3월 21일 사이에 집중적으로 발표되었으며 이후 빈도가 갑자기 줄어들다 1910년 2월 23일 자 「정신을」로 마감되었다.

이 등(燈)을 잡고 흐응 방문(房門)을 박차니 흥
이매망량(魑魅魍魎)이 줄행낭하노나 아
어리화 됴타 흐응 경사(慶事)가 낫고나 흥
— 「축사경(逐邪經)」, 『대한매일신보』(1909.2.9)

이 등을 잡고 흐응 방문을 냅다 차니 흥. 도깨비 귀신이 줄행랑치노나 아. 어리화 좋다. 흐응 경사가 났구나 흥.

'홍'은 감탄사로 비웃거나 아니꼬울 때, 신나거나 감탄할 때 내는 콧소리이다. '이매망량'은 도깨비를 말한다. '이매'는 인면수신(人面獸身)으로 네 발이 달렸고 사람을 곧잘 홀린다는 도깨비요, '망량'은 적갈색 몸에 귀가 길고 사람을 곧잘 속인다는 도깨비이다. 물론 왜적을 가리킨다. '어리화(御李花)'는 배꽃으로 이씨 왕가를 상징하고 있으며 '축사경'은 사귀를 쫓기 위해 외는 경문을 뜻한다.

왜적이 줄행랑을 쳤으니 어리화 좋고 경사가 났구나 하며 조롱했다.

우리 민요에는 흥타령이 세 가지가 있다. 경기, 서도, 남도의 흥타령이다. 타령조의 흥타령은 오랜 역사를 갖고 있는 애절한 우리 민족의 민요이다. 시조에 오랫동안 불려왔던 우리 민요의 타령을 가미해 당시의 부패와 비리를 야유하듯 풍자했다.

축사경을 외워 왜적을 쫓아내야 했으며, 경사가 났다고 좋아라 하며 야유해야 했다. 무엇으로도 위안을 받을 수 없었던 당시 백성들의 마음이었을 것이다.

타령조 시조의 여음에는 일정한 패턴이 있었다.

	흐응		흥
			아
	흐응		흥

초장의 둘째 소절 뒤에 '흐응'을, 넷째 소절 뒤에 '흥'을, 중장의 넷째

소절 뒤에는 '아'를, 종장의 둘째 소절 뒤에 '흐응', 넷째 소절 뒤에 '흥'을 배치했다. 이러한 패턴은 풍자·조롱하기에 좋은 도구로 때로는 골계로, 때로는 비탄의 모습으로 형상화했다(권오만, 『개화기시가연구』, 1989)

남산(南山) 구미호(九尾狐) 흐응 별조화(別造化) 부릴 제 흥
우리집 보라매 그 여호 잡노나 아
어리화 됴타 흐응 화아자(和我者) 됴쿠나 흥
—「착호응(捉狐鷹)」, 『대한매일신보』(1909.2.11)

남산 구미호 흐응 별 조화 부릴 때 흥. 우리집 보라매 그 여우 잡노라 아. 어리화 좋다 흐응 화아자 좋구나 흥.

당시 남산 밑에 통감 관저가 있었다. 남산 구미호는 한국 침략의 원흉인 초대 통감 이토 히로부미를 은유한 것으로 보인다.

이 시조는 우리 집 보라매가 저주의 대상인 통감을 퇴치해주는 것으로 설정했다. 보라매는 태어난 지 일 년이 채 안 된 새끼를 잡아 잘 길들인 최상품의 매이다. '화아자(和我者)'는 흥타령의 '지화자'에서 빌려온 여음구이다. 흥겨운 가락 '화아자 됴쿠나 흥'으로 변화시켜 상상 속에서 승리를 축하하고 있다. 이렇게라도 해야 백성들의 답답한 마음을 조금이나마 풀어줄 수 있었을까.

보라매가 잡지 못한 원흉 이토 히로부미는 1909년 10월 28일 백성의 이름으로 안중근에 의해 처단되었다.

박망치 소리가 흐응 뚝 끈어지더니 흥

조선통감부 청사 사진 출처 : 서울역사박물관

중 치난 소리가 또 요란하구나 아
애구지구 흐응 雙成禍(쌍성화)로구나 흥
　　　　—「雙成禍(쌍성화)」, 『대한매일신보』(1909.2.12)

박망치 고리가 흐응 뚝 끊어지더니 흥. 징 치는 소리가 또 요란하구
나 아. 애구지구 흐응 쌍성화로구나 흥.

이 타령조의 시조는 비탄조의 가락이다. 때로는 흥겨운 가락으로 때
로는 비탄의 가락으로 조롱했다.

'쌍성화(雙成禍)'는 화란을 불러오는 두 가지 양태, 박망치 소리나 징
치는 소리이다. 이 소리들은 일진회 같은 반민족 단체, 친일 주구들의
그야말로 어불성설의 주장들이다. 일진회는 대한제국 말기 일본의 한
국 병탄정책에 앞장선 친일단체이다.

타령조의 시조들 　　　　　　　　　　　　　　　　　　　　　　　209

날 더워오니 흐응 회 냄새 난다 흥

썩어진 일진회(一進會) 불수산(佛水散) 먹여라 아

어리화 됴타 흐응 양민(良民)이 되어라 흥.

　　　　　　　—「해산약(解散藥)」, 『대한매일신보』(1909.2.21.)

날이 더워오니 흐응 회 냄새가 난다 흥. 썩어진 일진회 불수산 먹여
라 아. 어리화 좋다. 선량한 백성이 되어라 흥.

'회'는 육회나 생선회를 말한다. '불수산'은 해산 전후에 쓰는, 해산
을 순하게 하기 위한 탕약이다. 친일에 앞장선 썩은 일진회에 불수산을
먹여 선량한 백성이 되라고 한다. 불수산을 먹인다고 해서 양민이 될
수는 없는 그들이다. 불가능한 일을 가능한 일로 만들었다. 이러지도
저러지도 못하는, 역설, 조롱 같은 이 나라 우리의 슬픈 자화상들이다.

마지막으로 발표되었던 타령조 시조이다.

모진 일 세(勢)가 흐응 하 괴상하여 흥

거거익심에 다 죽겟구나 아

애고 대고 흐응 정신을 차리고 흥

　　　　　　　—「정신을」, 『대한매일신보』(1910.2.23)

모진 형편이 흐응, 하 괴상하여 흥. 갈수록 심해지니 다 죽겠구나, 아.
애고지고 흥 정신을 차리고 흥.

'거거익심'은 갈수록 점점 심해진다는 뜻이다. 중장의 여음 '아'가 가
슴을 울린다. 시조의 종장 첫 소절은 세 음절이어야 하는데 이런 비탄
시조들의 종장 '애구지구, 애고대고' 등의 네 음절로 시작된다. 슬프게

우는 모양을 달리 표현해낼 수 없었던 모양이다.

1909년 12월 4일 일진회에서 일본과의 합방을 요구하는 성명서를 발표했다. 12월 22일에는 명동성당 앞에서 이완용을 저격한 사건이 있었다. 스물한 살의 청년 이재명의 거사였다. 몇 군데 칼로 찔렀으나 척살에는 실패했고, 이재명은 이듬해 10월 사형당했다. 나라가 명재경각에 이르고 있어 백성이라면 그 누구도 애고지고 울부짖을 수밖에 없었을 것이다.

타령조 시조는 '흐응', '흥', '아' 같은 감탄사들이 초 · 중 · 종장에 두루 쓰인 이유에 주목할 필요가 있다. 여기에는 '사조란' 담당자의 세심한 배려가 숨어 있었다. 권오만은 그의 저서 『개화시가연구』에서 다음과 같이 설명했다.

> 이 여음들이 원래 짤막한 감탄사로 다양한 상황에 호응할 수 있는 자질을 가졌기 때문이다. 다양한 상황에 호응할 수 있는 감탄사로서의 자질은 '흐응', '흥' 쪽보다는 '아' 쪽이 더 발달되어 있다. 널리 알려져 있듯이 '아'는 감탄사의 원형격으로, 기쁨, 놀람 등 다양한 정서에 두루 반응할 수 있는 자질을 갖추고 있다.
> '흐응', '흥'은 '아'처럼 여러 경우에 두루 쓰일 수 있는 자질을 갖추고 있지는 못하나, 비웃음과 불만을 나타내는 원래의 의미에 "신이 나서 감탄하는 소리"의 의미까지 추가되 그 의미폭이 커졌다고 할 수 있다.

이런 흥타령의 여음들은 당시 사회의 비리를 비판하고 조롱, 풍자해주는데 적절한 도구로 활용되었다. 민요와 시조의 성격을 배합, 여음에 이르기까지 뒤틀림의 세련된 배려는 개화기에 시조의 기능을 다양하게 해주면서 창의성 있게 만들어주었다.

타령조의 시조는 시조의 전통 형식에서 벗어난 것들이 많다. 종장의 첫 소절이 네 음절인 것도 있으며 종장의 둘째 소절의 음절 양을 벗어난 것들도, 각 장 네 소절들의 음절 양을 벗어난 것들도 많다. 그러나 3장을 정확히 지키고 있으면서 각 장 네 마디들이 자연스럽게 읽히고 있어 시조의 운율을 제대로 갖추었다고 볼 수 있다. 개화기라는 특수한 시대에 응전하기 위한 적극적이고도 일시적인 시조의 변형 현상으로 보아진다.

개화기 시조를 시조 범주에 넣을 것이냐 말 것이냐의 논란이 있을 수 있다. 실제로 임선묵이 편찬한 『근대시조 편람』에는 이 타령조의 시조들이 모두 빠져 있다. 타령조의 시조는 짧은 개화기 시대에 혜성처럼 나타났다 사라졌으나 당시 여느 장르와 같이 시대에 대한 응분의 책임을 충분히 수행했다고 보아진다. 소중한 우리의 시조 유산이 아닐 수 없다.

고시조를 차용한 항일 시조들

개화기 시조 작가들은 전문적인 시인들이 아니었다. 일반 교양인들이었다. 이들에게는 예술성 추구보다는 시대 상황 극복이 먼저였으며 저항적 주제를 기존 형식에 담아 노래했다. 그들이 택한 방법은 고시조를 인용, 변형하여 시대상을 고발하는 것이었다.

초·중장이 인용구, 종장은 새로운 내용으로 이루어진 것이 일반적이다. 이러한 개화기 시조는 고시조에서 현대시조로 넘어가는 과도기에 가교 역할을 했다.

> 북풍(北風)은 나무 끗헤 불고 명월(明月)은 눈 속에 찬데
> 칠척(七尺) 장검(長劍) 빼어 들고 한거름에 내다르니
> 도처(到處)에 수(數) 업는 적병(敵兵)들 쥐 숨둣이.
> ──「설상검(雪上劍)」, 『대한매일신보』(1909.1.13)

「설상검」은 김종서의 시조 「삭풍은 나무 끝에 불고…」를 인용한 것

이다. 김종서는 "삭풍은 나무 끝에 불고 밝은 달은 눈 속에 찬데 만리 국경에 큰 칼을 짚고 서서 긴 휘파람 큰 한 소리에 거칠 것이 없어라"라고 읊었다. 여진족을 호령하던 기개가 넘치는 우국충정의 노래이다.

「설상검」의 지은이는 "북풍은 나무 끝에서 불고 명월은 눈 속에 찬데 칠척 장검을 빼어들고 한 걸음에 내다르니 도처에 수많은 적병들이 쥐 숨듯 하는구나"라고 읊었다.

'일장검'을 '칠척 장검'으로 바꾸었다. '삭풍'과 '북풍'은 같은 뜻이다. '휘파람 소리'를 '한 걸음 내달음'으로 바꿨으나 이미지는 그대로 옮겨놓아 우국충정의 마음을 진솔하게 나타냈다.

김종서는 세종대왕 시절 함경도에 육진을 개척한 인물이다. 여진을 호령할 때 지은 김종서의 호기가를 인용해 일제에 대한 저항을 노래했다. 백두산 호랑이가 나타났으니 적병들이 쥐 숨듯 하지 않겠는가. 여진족을 물리친 것처럼 김종서가 나타나 일편단심 일제를 물리쳐주기를 간절히 바랐던 것이다.

> 십 년(十年)을 가온 칼이 갑 속에서 우난고나
> 시사(時事)를 생각하고 때때로 만져보니
> 장부(丈夫)의 위국단충(爲國丹衷)을 어느 때난
> ──「무제(無題)」, 『대한매일신보』(1909.2.4)

김응하의 시조 「십 년 갈은 칼이…」에서 인용한 시조이다. 김응하는 "십 년 갈은 칼이 갑리에 우노매라. 관산을 바라보며 때때로 만져보니 장부의 위국공훈을 어느 때에 드리울고"라고 노래했다.

초장 전부와 중장의 둘째 구 "때때로 만져보니"를 인용했고, 종장에서는 '위국공훈'을 '위국단충'으로 바꾸었다.

십 년 간 칼이 갑 속에서 우는구나. 시사를 생각하고 때때로 만져보니 장부의 위국단충을 어느 때에 갚을꼬. 펼쳐보지 못하는 울분의 마음을 김응하의 시조를 빌려 노래하고 있다.

김응하는 광해군 당시 명나라의 후금 정벌전에서 활약한 전설적인 무인이다. 명나라에 대한 의리를 지켜 끝까지 분전했으나, 조명연합군은 그만 중과부적으로 후금에 대패했다. 그는 목숨이 끊어졌지만 칼자루를 놓지 않았고 죽어서도 노기가 등등해 감히 적이 앞을 나서지 못했다. 시신을 묻으려고 하는데 공의 시체만 썩지도 않고 칼자루를 그대로 쥐고 있었다고 한다.

얼마나 다급했으면 그런 전설적인 인물을 내세워 일제를 몰아내고 싶었던 것일까. 직설적이기는 하나 시조 하나하나가 가슴을 친다. 당시 나라는 격랑의 파고 속으로 속절없이 휩쓸리고 있었다.

> 잘 잇거라 삼각산(三角山)아 다시 보자 한강수(漢江水)야
> 우리 강토 떠나가니 참아 엇지 안젓스리
> 도처에 무수한 뎌 마귀(魔鬼)를 다 잡고야.
> ──「착마경(捉磨經)」, 『대한매일신보』(1909.4.15)

김상헌의 시조 「가노라 삼각산아…」에서 초·중장의 일부를 인용했다. 그는 "가노라 삼각산아 다시 보자 한강수야 고국산천을 떠나고자 하랴마는 시절이 하도 어수선하니 올동말동 하여라"라고 읊었다. 병자

호란 이후 심양으로 끌려가면서 울분에 찬 비분강개와 우국충정의 심정을 노래했다. 김상헌은 청인들이 굴복을 줄기차게 요구했으나 그는 끝까지 저항했다. 척화파의 대표적 인물이다.

이런 김상헌이었기에 그의 시조를 차용했을 것이다. "잘 있거라 삼각산아 다시 보자 한강수야 우리 강토 떠나가니 차마 어찌 앉아만 있겠는가. 도처에 무수한 저 마귀를 다 잡고야 말리라"고 결의에 차 있다.

조선인이 조선 땅에서 살지 못하고 만주로 이민을 떠나면서 읊은 시조였으리라. 어느 이름 모를 독립운동가였을지도 모르겠다. 뜯어놓고 보면 개화기 시조들은 한 시대의 한 페이지, 한 페이지를 장식한 절실한 역사의 증언들에 다름 아니다.

> 이 몸이 죽어죽어 백천만번(百千萬番) 다시 죽어
> 백골(白骨)이 진토(塵土) 되고 그 진토(塵土)이 또 변(變)해도
> 못 변(變)하리 일편단심(壹片丹心) 매친 마음 위국설치(爲國雪恥)
> ─「설치심(雪恥心)」, 『대한매일신보』(1909.5.2)

정몽주의 시조 「단심가」에서 초 · 중 · 종장의 대부분을 차용했다.

정몽주는 충절의 상징이다. 「단심가」는 이방원의 「하여가」에 대한 화답가인데, 「설치심」은 어쩌면 「단심가」에 대한 화답가 같기도 하다. 정몽주는 "임 향한 일편단심이야 가실 줄이 있으랴"라고 읊었으나 이 작가는 "이 몸이 백 번 천 번 만 번 다시 죽어 백골이 진토 되고 또 그 진토가 변한다 해도 변하지 못하는 것은 일편단심 맺힌 마음"이라고 해놓고 '위국설치', 즉 나라를 위해 부끄러움을 씻겠다고 스스로 대답했다.

설치, 부끄러움을 씻겠다는 당찬, 결의에 찬 시조이다.

조국을 이토 히로부미와 왜적에게 팔아먹은 '을사오적'을 떠올렸을 것이다. 여기에 고려를 지키기 위해 목숨을 던졌던 정몽주를 대비시켰다. 더 이상의 설명이 필요 없는 시조이다.

> 태백산(太白山)에 기를 꽂고 두만강(豆滿江)에 말을 먹여
> 칠척(七尺) 장검(長劍) 빼여들고 나난 드시 내다르니
> 도처(到處)에 강포한 뎌 덕병들 실혼(失魂)낙담(落膽)
> ──「쾌재가(快哉歌)」, 『대한매일신보』(1909.8.8.)

남이 장군의 시조「장검을 빠혀들고…」에서 "장검을 빠혀들고"와 "두만강 물은 말이 마셔"를 인용했다. 남이는 유자광의 무고로 죽임을 당한 젊은 무장이다. 김종서는 세조에게, 남이는 세조의 아들 예종에게 억울한 죽임을 당했다. 나라의 동량이 두 부자에 의해 희생되었다. 역사의 아이러니이다. 남이의 씩씩한 호기와 기상이 드러난 시조와 한시를 차용했다.

태백산에 기를 꽂고 두만강에 말을 먹여 칠척 장검을 빼어들고 나는 듯 다다르니 도처에 강포한 적병들이 실혼낙담하는구나. '실혼낙담'은 혼이 빠지고 몹시 놀란 모습을 말한다.

당시 시대는 헤이그 밀사 파견, 고종의 강제 퇴위, 정미 7조약, 군대 해산 등 일련의 사건들이 일제의 의도대로 착착 숨가쁘게 진행되어가고 있었다. 항일의병이 전국 여기저기에서 일어났다. 일제에 대한 저항 시조가 어찌 이 시조 한 수만이랴. 개화기 시조는 당시의 다급했던 일

진주의 촉석루

면의 한 시대를 찍은 흑백사진이었고 변사 없이 돌아가는 활동사진이
었다.

> 논개(論介)난 우리 조상 계월향(桂月香)은 우리 선생(先生)
> 살신성인(殺身成仁) 그 충절(忠節)은 천만년(千萬年)에 빗나도다
> 우리도 뎌를 모범(模範)하야 시사여귀(視死如歸)
> ──「화채비결(花寨秘決)」, 『대한매일신보』(1908.12.4)

지은이는 우리나라 의기의 대표적 인물인 진주의 논개와 평양의 계
월향을 인용했다. 논개는 임진왜란 당시 왜장을 끌어안고 남강에 투신
한 의로운 여인이다. 계월향은 임진왜란 당시 평안도병마절도사 김응
서의 첩으로 왜장에게 몸을 더럽히게 되자 적장을 속여 김응서로 하여

금 적장의 머리를 베게 한 후 스스로 자결했다.

　논개는 우리 조상, 계월향은 우리 선생, 살신성인의 그 충절은 천만 년 빛나도다. 우리도 저들을 모범 삼아 시사여귀하리라. '시사여귀(視死如歸)' 죽음을 두려워하지 않아, 죽음을 마치 집에 돌아가는 것같이 대수롭지 않게 여기는 것을 말한다. 시사약귀(視死若歸)라고도 한다.

　왜구의 준동, 임진왜란, 정유재란, 일제 침략에 이르기까지 그들의 DNA는 변하지 않는다. 위안부의 매춘부 둔갑, 독도 침탈 등 역사 왜곡도 서슴치 않는 그들이다. 일본의 침략 근성은 절대로 변하지 않는다. 역사가 명명백백 증명하고 있다. 예술성이 떨어진다 해도 당시의 시대상이 고스란히 담긴 개화기 시조를 우리 현대인들이 소중히 다루어야 할 이유가 바로 여기에 있다.

개화기의 사설시조들

『대한매일신보』에 게재된 개화기 시조 381수 중에 26수가, 『대한민보』에 게재된 287수 중 7수가 사설시조이다. 잡지에도 시조 68수 중 사설시조가 3수 정도 된다. 단시조는 740여 수에 달하나 사설시조는 40여 수에도 미치지 못하는 셈이다.

사설시조는 17, 8세기 영·정조에 주로 정치와 사회의 비리를 조롱하거나 풍자하는 도구로 사용되어왔다. 개화기의 사설시조도 전대의 사설시조를 계승하면서 개화기의 특수한 현실을 비판, 풍자하고 있어 주목된다.

> 개를 여러 마리나 기르되 요 일곱 마리 갓치 얄밉고 잣미우랴
> 낫션 타쳐 사람 오게 되면 꼬리랄 회회 치며 반겨라고 내다러
> 요리 납죡 죠리 개옷하되 낫닉은 집안 사람 보며난 두 발을 벗드
> 듸고 코쌀을 찡그리고 니빠리랄 어떵거리고 컹컹 짓난 일곱 마리
> 요 박살할 개야
> 보아라 근일에 개 규칙 반포되야 개 임자의 성명을 개 목에 채

우지 아니하면 박살 당한다 하니 자연(自然) 박살.

— 「살구(殺拘)」, 『대한매일신보』(1909.7.13)

개를 여러 마리나 기르되 요 일곱 마리같이 짖궂게도 미우랴. 낯선 타처 사람이 오면 꼬리를 휘감아 치며 반갑다고 내달려 요리 납작 조리 개웃하되 낯익은 집안 사람 보면 두 팔을 벋디디고 콧살을 찡그리고 이빨을 어떵거리고 컹컹 짖는 일곱 마리 요 박살할 개야. 보아라 근일에 새로 개 규칙 반포되어 개 임자의 성명을 개 목에 채우지 아니하면 박살당한다 하니 자연 박살(당하더라도 어쩔 것인가).

'납작'은 말대답을 하거나 무엇을 받아먹을 때 입을 냉큼 벌렸다가 닫는 모양을 말한다. '개웃하다'는 고개나 몸 따위를 한쪽으로 귀엽게 조금 기울이는 모습을 뜻한다. '벋디디다'는 발에 힘을 주고 버티어 디딘다는 뜻이다.

친일파를 비판, 풍자한 대표적인 개화기 사설시조이다. 1905년 외교권을 박탈한 을사조약에 이어 1906년 통감부 설치, 1907년 고종의 강제 퇴위, 정미 7조약, 군대 해산, 1908년 동양척식주식회사 설립, 1909년 사법권을 박탈한 기유각서 등 굵직한 역사적 사건들이 있었다.

'근일에 개 규칙'들은 이러한 조약, 각서들이고, 낯선 일본인은 반갑게 맞이하고 낯익은 조선인에게는 컹컹 짖어대는 일곱 마리 개들은 이에 앞장선 친일파들을 지칭한 것이리라. '일곱 마리'라고 숫자를 특정한 것으로 보아 '정미칠적'을 뜻하는 것으로 추정된다. 정미칠적이란 정미 7조약 체결에 찬성한 내각 대신 7인(이완용, 송병준, 이병무, 고영희, 조중응, 이재곤, 임선준)을 가리킨다.

개에 빗대어 당시의 세태를 리얼하게 풍자하고, 친일한 사람의 이름을 개 목에 채우지 않는다면 자연 박살당할 것이라고 협박까지 하고 있다. 민족의 심판을 받으라는 얘기이다. 친일파 제거 작업을 하겠다는, 민족의 이름으로 처단하겠다는 섬뜩한 경고이기도 하다. 예리하고도 날카로운 비장미마저 엿보이는 작품이다.

> 시사(時事)가 괴란(乖亂)하여 층생(層生) 첩산(疊山) 악마(惡魔)로다
> 북 치며 나나리 불고 일본 관광단을 환영(歡迎)하난 자(者) 유성기(留聲器) 둘너메고 부일주의(附日主義)로 연설(演說)하난 자(者)
> 언제나 일진대(壹陳大)풍 모러다가 쓰러낼고.
> ──「첩출마(疊出魔)」, 『대한매일신보』(1909.10.5)

시속의 일들이 어그러지고 어지러워 악마들이 무수히도 많다. 친일하는 사람들을 첩산 악마로 둘러 말했다. 북 치고 날라리 불고 일본 관광단을 환영하는 사람, 유성기를 둘러메고 연설하며 일제 부역을 서슴치 않는 사람. 이런 친일파들을 한꺼번에 몰아다가 쓸어내고 싶다고 했다. 줏대 없이 일본을 쫓는 사람들을 대놓고 비판하고 있다.

> 북풍(北風)이 표열(慓烈)하니 융동성한(隆冬盛寒)이 아닌가
> 천강(千江)에 얼음 굿어 상선(商船)들은 끈어지고 만산(萬山)에 눈이 깁허 금수(禽獸)들도 슘허한다
> 언제나 동황(東皇)이 포덕(布德)하사 여물동락(與物同樂)
> ──「장한(長恨)」, 『대한매일신보』(1909.1.27)

동양척식주식회사 · 1908년 일제가 조선의 토지와 자원을 수탈할 목적으로 설치한 식민지 착
취기관

북풍이 혹독하니 겨울 추위가 극심하지 않은가. 수많은 강에 얼음이
얼고 상선들은 끊어지고 수많은 산엔 눈이 깊어 날짐승 길짐승도 갈 곳
없어 슬퍼한다. 언제나 봄의 신령이 덕을 세상에 펴시어 만물과 함께
즐거워할 것인가.

1908년, 조선의 토지와 자원을 수탈하기 위해 한성에 동양척식주식
회사가 설립되었다. 합방은 이미 기정사실화되어가고 있었다. 매서운
북풍 앞의 등불은 마른 심지에서 마지막 불꽃을 태우고 있었다. 닥쳐오
는 현실을 바라볼 수밖에 없는, 나라를 생각하는 간절한 마음이, 당시
의 정황이 기도하듯 그려져 있다.

개화기 시조에 이르러서는 고시조에서의 자연과 윤리, 유장함과 완
만함 같은 것들은 찾아보기 어렵다. 개화기라는 특수한 시대 상황 때문

개화기의 사설시조들

이다. 비판과 저항, 급박함과 강렬함이 개화기의 특징이며 당시의 일반화된 트렌드였다. 사설시조도 물론 예외는 아니었다.

그래도 이와는 달리 허무주의적 관조나 자연 속의 유유자적한 태도를 견지하고 있는 전 시대 시조와 같은 도피성의 작품들도 더러 보이고 있다.

> 푸른 풀 장제상(長堤上)에 소 ㅣ 압셰고 장기 지고 슬렁슬렁 가난 져 농부야(農夫爺).
> 개고리 해산(解産)하고 밧비들기 오락가락 뜸북새난 논 꾀마다 뜸북뜸북 검은 구름 덥힌 들에 비 ㅣ 청(請)하난 져 ㅣ 일상(一雙) 백로(白鷺) 기룩기룩 울고 가난구나
> 두어라 세간영욕(世間榮辱) 몽외사(夢外事)오 상자촌(桑梓村) 무한경(無限景)은 져뿐인가
> ―「농가락사(農家樂事)」,『대한민보』(1910.6.24)

푸른 풀 우거진 긴 둑 위에 소 앞세우고 쟁기 지고 슬렁슬렁 가는 저 농부야. 개구리 해산하고 비둘기 오락가락 뜸북새는 논귀퉁이마다 뜸북뜸북 검은 구름 덮인 들에 비를 청하는 저 한 쌍의 백구 기룩기룩 울고 가는구나. 두어라 세상사 영욕의 세월은 꿈 밖의 일이요 상자촌(桑梓村)의 말할 수 없는 아름다운 경치는 저뿐인가 (하노라).

상자촌은 고향을 뜻한다. 옛날 오묘(五畝)의 집 담 밑에 뽕나무와 가래나무를 심었는데 그의 자손이 조상들이 심은 이 나무를 보면 선조들이 생각이 나 전하여 고향의 뜻으로 쓰였다고 한다.

현실에서 한 걸음 물러나 세상사를 잊고 인생에 대한 관조, 전원 속에서 유유자적한 삶을 읊고 있다. 세간영욕, 상자촌으로밖에 표현할 수 없었을까 싶다. 여타 현실 사회를 강렬하게 비판한 개화기의 사설시조와는 또 다른 모습이다.

『대한민보』는 『대한매일신보』에 비하면 달리 작품 게재가 자유스럽지 못했다. 담당층에 천도교 세력, 민족주의 세력, 친일 분자 등 여러 이질 집단들이 혼재해 있기도 했지만 일제의 검열을 받아야 하는 처지였다. 비판의 강도가 『대한매일신보』에 비해 날카롭지 못한 것은 당연하다 할 것이다. 『대한매일신보』의 담당층은 선진적 지식층, 개신 유학자들, 항일 애국지사들로 이루어져 세태 풍자의 강도는 『대한민보』보다는 『대한매일신보』에서 더욱 두드러졌다.

거무야 왕거무 떡거무야 네 줄을 길게 느려
날김생 길짐생 날버러지 길버러지 모도 다 함부로 슬슬 억드라
도 적막공산(寂寞空山) 고목상에 홀노 안자 슬피 우는 져 복국됴
(復國鳥) 행혀나 얼글셰라
아모리 나도 지주(蜘蛛) ᆯ망뎡 만복경륜(滿腹經綸)이 아니얼거
　　　　　　　　—「지주(蜘蛛)」, 『대한민보』(1910.7.12)

거미야, 왕거미야, 덕거미야. 네 줄을 길게 늘여 날짐승 길짐승 날벌레 길벌레 모두 다 함부로 슬슬 얽어매더라도 적막공산 고목 위에 홀로 앉아 슬피 우는 저 복국조(뻐꾹새) 행여나 얽을세라 걱정이다. 아무리 나도 그런 거미일망정 우리들도 훌륭한 경륜을 언젠가는 펼 수 있지 않겠

느냐. 적막공산 고목 위에 홀로 슬피 우는 복국조는 나라를 복구할 뻐꾸기이니 제발 얽지는 말라는 것이다. 자신도 거미이기는 하나 복국조 역할을 하겠다는 의지를 내비치고 있다.

뻐꾸기의 이칭은 포곡조(布穀鳥)이다. 울음소리를 한자로 음차한 명칭인데 이 시조에서는 '포곡조'를 '복국조'라고 썼다. '나라를 회복하는 새'라는 뜻으로 작자가 만든 말이다.

전대의 익숙한 애정 고백 같은 사설시조의 형식에다 시대의식을 삽입시켜 표현했다. 강경하지는 않지만 나라를 구하는 데 자신도 한몫을 해야 한다는 담담하고도 완곡한 애국심이 그려져 있다.

개화기 시대의 시가에서 주류를 이룬 장르는 개화가사·개화시조·한시 등이었다. 가사는 당시의 시대정신을 표현하는 대표적 주자였다. 적합한 율문 양식의 속성들을 두루 갖추었기 때문이다. 시조 또한 비판과 저항의 강도 면에서 개화가사 못지않았다. 사설시조도 적은 숫자이기는 하나 개화기 시대의 급박한 요청에 어느 정도 부응하고 있었음은 두말할 필요가 없다.

가사조의 개화기 시조들

　가사와 시조는 우리나라 고유의 대표적 전통 장르이다. 가사는 4소절 연속체, 3·4음절의 율문체 형식으로 행수에는 제한이 없다. 이 가사가 짧은 개화기 동안에 시조에 침투, 시조의 종장 첫째·둘째 소절인 3·5음절에 변화가 일어났다. 가사체의 4·4음절로 바뀐 것이다. 시조는 가사와는 달리, 각 장 4소절, 초·중·종 3장체의 율문 양식이다.

　시조의 자수 배열에서 초·중장은 가사와 같지만 종장은 가사와 변별된다. 시조의 종장이 4·4·4 또는 4·4·4·4의 가사조로 바뀌었다. 시조의 생명인 종장의 첫째·둘째 소절의 3·5음절이라는 자수 배열이 무너진 것이다.

　종장 첫 3음절을 벗어난 사례가 『대한매일신보』에 게재된 381수 중 28수에서 보이고 4·4·4음절이 3수, 4·4·4·4 음절이 9수 보인다. 『대한민보』에는 종장의 3음절을 벗어난 것이 4수 정도이고 종장의 4·4·4음절, 4·4·4·4음절은 없다. 이런 현상은 일부 여타 잡지에서도 보이고 있다.

개화기 가사의 4·4조화 현상에 대해서 개화기 가사가 공론시적 성격을 갖기 때문에 항시 쉽게 읽혀야 하고, 일반 대중들의 뇌리에 깊이 박히기를 원했기 때문에 4·4조를 택한 것으로 보고 있다. 또한 창작 계층이 비전문인이기 때문에 시의 세밀한 기교에는 별반 신경을 쓰지 못한 것으로 보고 있다(조남현,「사회등 가사의 풍자방법」,『개화가사』, 형설출판사, 1978, 201쪽).

가사체는 오랫동안 체득되어온 우리 민족의 고유 율격이다. 내방가사, 가사, 경전, 무가, 타령, 굿 같은 전통 장르 대부분이 가사체로 되어 있다. 당시 일반 대중들에게 강력한 메세지를 전달하는 데에는 이만한 형식이 달리 없었을 것이다.

> 금옥(金玉)이 보배라도 연마(錬磨) 안코 광채(光彩) 나며
> 인재(人材)가 출중(出衆)한들 배양(培養) 안코 영웅(英雄) 되랴
> 청년(靑年)들아 방심(放心) 말고 공부(工夫)하야 이 수치(羞恥)를
>
> —「청년아」,『대한매일신보』(1909.12.25)

아무리 금옥이 보배라 해도 연마하지 않으면 광채가 없고 인재가 아무리 출중하다 한들 배양하지 않고 영웅이 되랴. 청년들아 방심 말고 공부하여 나라 잃은 수치를 (씻어내자). 공부를 해야만 영웅이 될 수 있다는 것이다. 교육이 얼마나 중요한 것인가를 새삼 말해주고 있다. 청년들에게 공부하라는 프로파간다 성격을 띤 시조이다. 그만큼 시대는 절박했다.

제4부 시대정신의 반영, 개화기 시조

개항 이후 정부와 개화파 인사들은 인재 양성을 위해 근대 교육기관을 설립했다. 원산학원, 육영공원, 한성사범 등 관립학교가 세워졌으며 배재학당, 이화학당, 배화여학교 등 사립학교들도 연이어 들어섰다. 대한제국 선포 이후에도 관료나 유학자들에 의해 대성, 휘문, 양정, 진명, 숙명, 보성 등 많은 사립학교들이 설립되었다. 그러나 1908년 일제는 사립학교령을 반포해 사립학교 설립과 운영을 통제하고 우리 민족교육을 탄압했다. 그럼에도 사립학교를 중심으로 한 교육구국운동은 그치지 않았다. 민족의식을 고취시키기 위해 김약연은 간도에 명동의숙을 설립하기도 했다.

> 영웅(英雄)이 따로 업다 만인일심(萬人一心) 영웅(英雄)이라
> 세월은 살 갓은데 딴 영웅(英雄) 구(求)치 마쇼
> 바라노라 동포(同胞)들아 주저(躊躇) 말고 나가기를
> — 설월낭자(雪月娘子), 「무주저(毋躕躇)」,
> 『대한매일신보』(1909.12.4)

영웅이 따로 없다. 만인의 한마음이 영웅이라. 세월은 화살같이 빠른데 딴 영웅 구하지 말라. 바라노라. 동포들아 주저 말고 나가기를. 모병격문 같다. 영웅이 따로 없으며 만인이 합심하면 그게 바로 영웅이다. 주저 말고 나서자는 구국의 메시지 같기도 하다.

의병 활동이 곳곳으로 들불처럼 번졌다. 그러나 해는 이미 서산으로 기울어가고 있었다. 일제의 의병 학살 만행은 헤아려 말할 수가 없었다. 1907년에서 1910년까지 4년 사이에 의병과 일본군의 충돌 횟수는

대마도 수선사 내 최익현 순국비

2,800여 회에 이르렀고 의병에 참가한 수는 14만 명을 넘어섰다. 의병 사망자만도 1만 7천여 명을 헤아렸다고 한다.

면암 최익현은 우리 사법부가 아닌 일제의 재판을 받고, 대마도로 유배되었다. 유배 3년, 1907년 1월 1일 면암은, 단식 끝에 왜의 땅에서 숨을 거두었다. 죽음에 임박해 임병찬에게 구술한 「유소(遺疏)」 일부이다.

신의 나이 75세이오니 죽어도 무엇이 애석하겠습니까. 다만 역적을 토벌하지 못하고 원수를 갚지 못하며, 국권을 회복하지 못하고 강토를 다시 찾지 못하여 4천 년 화하정도(華夏正道)가 더럽혀져도 부지하지 못하고, 삼천리 강토 선왕의 적자가 어육이 되어도 구원하지 못하였으니, 이것이 신이 죽더라도 눈을 감지 못하는 이유인 것입니다.

대마도 수선사 묘역에 그의 순국비가 있다.

나라 안에 을사오적들이 있었으니 참으로 수치스럽고 부끄러운 일이다. 나라를 구하는 일은 너 나가 따로일 수 없었다.

덧 소래 반겨 듯고 암혈(巖穴)에 나와보니

일흔 국권 회복코자 지사(志士) 찻난 벗시로다

가리로다 만학천봉(萬壑千峰) 하직하고 벗님 따러.

— 암혈생(巖穴生), 「여자동(與子同)」, 『대한매일신보』(1909.8.21)

　

깊고 깊은 골짜기와 수많은 산봉우리를 하직하고 잃은 국권 회복하고자 지사를 찾아간다는 것이다. 당시의 지상과제는 나라를 찾아나서는 일이었다.

종장 첫째 3음절만 벗어난 시조들도 있다. 시조의 생명은 종장의 첫 소절 3음절에 있다. 이도 시조 형식에서 벗어나 있어 엄밀한 의미에서의 시조라고는 할 수 없다.

　

오호대장(五虎大將) 날닌 장사(將士) 전무후무(前無後無) 제갈량(諸葛亮)을

그 쟝슈 그 모사(謀士)로 통일천하(統一天下) 못 했건만

하리로다 우리 동포(同胞)들은 일심보국(壹心報國)

— 「보국열(報國熱)」, 『대한매일신보』(1908.12.17)

　

'오호대장'은 관우, 장비, 조운, 황충, 마초 등 촉한의 다섯 명의 명장을 말한다. 오호대장 날랜 장사 전무후무한 제갈량 그 장수 모사로도 통일천하 못 했건만 그러나 하리로다. 우리 동포들은 오직 한마음으로 나라의 은혜에 보답할 것이다.

우리 동포들은 일심보국으로 오호대장, 제갈량도 하지 못한 천하통일을 할 것이라고 했다. 개화기의 작가들은 국권 회복의 의지를 표현하

는 길이라면 어떤 장르도 가리지 않았다. 시조 형식을 파괴하면서까지 이런 시조를 썼다는 것은 그만큼 시대가 절박했음을 말해주고 있는 것이리라. 일심보국, 국민의 마음은 나라를 구하는 일, 그 하나였다. 그것이 개화기의 화두였다.

> 은하수를 건너서 구름 나라로
> 구름 나라 지나서 어디로 가나
> 멀리서 반짝반짝 비치이는 건
> 샛별이 등대란다 길을 찾아라

윤극영이 작사 작곡하여 1924년에 발표된 창작동요 〈반달〉 2절이다. 이 노래는 일제강점기의 어린이들에게 꿈과 용기와 위로를 주었다. 어린이뿐만 아니라 남녀노소가 즐겨 불렀던, 오늘날까지 부르고 있는 국민 동요이다.

1923년 9월, 스물한 살의 청년 윤극영은 당시 서울 소격동에 살고 있었다. 그에겐 열 살 위의 누님 한 분이 있었다. 누님이 시집간 곳은 가세가 기울어져가는 가평의 어느 가난한 양반집이었다. 그런데 누님이 세상을 떠났다. 다음 날 새벽 윤극영은 삼청공원에서 가서 남몰래 한없이 울었다. 울다가 멍하니 하늘을 쳐다봤다. 악상이 떠올랐다. 은하수 같은 엷은 구름 너머 반달이 떠 있고, 멀리에서 샛별이 반짝거리고 있었다.

동요 〈반달〉은 여기에서 탄생했다. 돛대도 삿대도 없이 정처없이 흘러가는 하얀 쪽배는 잃어버린 우리 조국이다. 간도로 중국으로 유랑하

는 우리 겨레였다. 사람들은 나라 잃은 슬픔을 이 노래로 달랬다. 가곡
〈봉선화〉, 유행가 〈황성 옛터〉도 당시 우리 민족에게 위로를 주었던 노
래들이다.

　민요, 가사, 시조, 창가, 한시, 언문풍월, 동요, 예술가곡, 유행가 할
것 없이 모든 장르에서 이렇게 일제에 대한 항거와 구국, 나라 잃은 슬
픔을 노래했다. 이것이 개화기와 일제의 시대였다.

개화기 시조의 변화

개화기 시조의 두드러진 형태 변화 중의 하나는 종결구조의 변화, 종장 넷째 소절의 생략이다. 과거의 시조창에서도 존재했던 현상이다. 시조 창법에서 연유한 것일 수도 있겠으나 쓰임새는 확연히 다르다.

격동의 시대가 만들어낸 개화기의 새로운 기능이다. 시대는 강하고도 절실한 메시지를 필요로 했다. 그만큼 절실했다. 시대는 이미 시조가 가창의 형태에서 율독의 형태를 요구하고 있었다.

학도(學徒)야 학도(學徒)들아 학도 책임(責任) 무엇인고
일어(日語) 산술(算術) 안다 하고 졸업생(卒業生)을 자처(自處)
마쇼
진실노 학도(學徒)의 뎌 책임(責任)은 애국사상(愛國思想)
—「학생지남(學生指南)」, 『대한매일신보』(1908.12.9)

학도야, 학도야, 학도 책임이 무엇인고? 일본어 산술 안다고 졸업생이라 자처 말라. 학도의 책임은 진실로 애국사상이니라.

주제어 '애국사상'으로 끝맺음했다.

종지사의 제거는 강렬하고도 직접적인 인상을 줄 수 있다. 이렇게 모든 주제가 종장의 셋째 소절에 모아져 있었다. 시조창에서 형식은 이어받았으나 기능은 이렇게 달랐다.

또 하나의 변화는 율격의 외연화 현상이다. 이는 율독을 인식했다는 증거이다.

> 이 몸이 국민(國民) 되야. 국민(國民) 의무(義務) 웨 모르리
> 부탕도화(赴湯蹈火) 할지라도, 애국심을 일치 마소
> 아마도, 독립 기초, 애국 두 자.
> ― 「애국심」, 『대한매일신보』(1908.12.1.)

```
─────    ─────  .   ─────    ─────
─────    ─────  ,   ─────    ─────
─────  ,  ─────  ,   ─────    ─────
```

석 줄로 쓰고 초장의 둘째 소절에서 마침표를 찍고, 중장의 둘째 소절에서는 쉼표를 찍었다. 그리고 종장의 첫째 소절에서, 둘째 소절에서 쉼표를 찍었다. 이것이 얼마간 계속되다 초장의 둘째 소절에 마침표 대신 쉼표를 찍고, 초·중·종장 끝에 마침표를 찍었다. 율독의 완성도가 높아졌음을 알 수 있다.

위 시조는 종장의 둘째 소절까지 벗어났다.

'부탕도화'는 탕지에 들거나 불 속에 뛰어듦을 말한다. 진인(眞人)은

불을 밟아도 조금도 데지 않고 태연자약하다고 한다.

이 몸이 국민이면 국민 의무를 왜 모르겠는가. 탕지에 들고 불 속에 뛰어들어도 애국심은 잃지 말라. 아마도 독립 기초는 애국 두 자(뿐이다). 종장의 애국 두 자가 강한 인상을 주고 있다.

——————— ——————— . ——————— ——————— .
——————— ——————— , ——————— ——————— .
——————— , ——————— , ——————— ——————— .

간밤에 비 오더니, 봄소식(消息)이 완연(宛然)하다.
무령(無靈)한 화류(花柳)들도, 때랄 따러 퓌엇난대.
엇지타, 이천만(二千萬)의 뎌 인중(人衆)은, 잠깰 줄을.
— 「화류절(花柳節)」, 『대한매일신보』(1909.4.4.)

간 밤에 비가 오더니 봄소식이 완연하다. 영혼 없는 화류들도 때를 따라 피었는데 어찌하여 이천만의 저 민중들은 잠 깰 줄을 (모르는가).

각 줄 마지막에 마침표를 찍었다. 초·중장의 둘째 소절에는 쉼표를 찍었다. 그리고 종장의 첫 소절과 둘째 소절에 쉼표를 찍었다. 율격 구조를 명확하게 인식하고 있다는 증거이다. 특히 종장에서의 첫째, 둘째 소절에서 쉼표를 찍은 것은 율격상 초·중장과는 달리 종장의 의미가 예사롭지 않음을 보여주고 있다.

가곡에서 종장의 첫 소절 3음절을 한 장으로 부르는 이유와도 일맥 상통하며, 시조창 역시 초·중장에서는 5각으로 부르다 종장에서 4각

으로 마무리하는 것과도 연관이 있으리라 짐작된다. 창에서 율독으로
전환하는 데 필연적으로 요구된 형태였으리라 생각된다.

이러한 율격의 인식 바탕 위에 새로운 분행을 시도한 실험적인 작품
들도 나타나고 있다.

> 간 해 봄 다시 오니
> 새해 츈광 넷빗시라
> 츈광은 녜로부터
> 변치 안코 한 빗신데
> 인사난 어이하여
> 봄빗 갓지 못한고
>
> — 최광연, 「양츈곡」, 『매일신보』(1917.1.23)

대부분이 석 줄로 쓰고 있으나 각 장을 두 행으로 분행해 여섯 줄로
쓴 작품이 심심찮게 보인다. 고시조의 한 줄에서 개화기에서의 석 줄,
석 줄에서 또 여섯 줄로 바뀌어가고 있다. 종장의 넷째 소절도 생략하지
않았다. 현대시조로의 이행에 따른 여러 가지 모색을 보여주고 있다.

간 해의 봄이 다시 돌아오니 새해 춘광 옛빛이라. 춘광은 예로부터
변치 않고 한 빛인데 인사는 어이하여 봄빛 같지 못한가.

종결구조의 변화와 율격의 외현화 현상은 개화기 시조의 가장 두드
러진 형태 변화이다. 종장의 넷째 소절의 생략은 석 줄에서 여섯 줄로
분행되어 가면서 없어지기 시작했다.

개화기 시조에서는 종장에서 다채로운 형태 변화들이 일어났다. 종

장의 넷째 소절의 생략뿐만 아니라 첫째 음보의 3음절도, 둘째 음보의 5음절 이상도 지켜지지 않은 시조들도 상당수이다. 또한 종장의 첫째 소절에도 둘째 음보에도 쉼표를 찍고 있다.

시조는 특성상 종장에서 결판을 내야 하는 형식이다. 그래서 종장에는 강한 메시지가 필요했다. 이에 부응하기 위해 다양한 실험 또한 요구되지 않았나 생각된다.

개화기 시조는 시대정신을 담아내야 했으며 이는 지상의 절대적인 과제였다. 저항, 계몽, 친일비판, 자주독립, 문명개화, 교육구국 등, 절실한 난제들을 문학이 말하지 않으면 안 되었다. 시조 역시 그 일익을 담당해야 했고 이것이 난제들과 함께 자연스럽게 시조의 형태 변화로까지 이어지지 않았나 생각된다.

개화기 시조는 이러한 소용돌이 속에서도 보이지 않게 하나하나 내용과 형식을 변화시켜가면서 현대시조로 다가가기 위한 일련의 토대들을 마련하고 있었다.

제4부　시대정신의 반영, 개화기 시조

1. 자료

고정옥 · 김용찬 교주 해설, 『교주고장시조선주』, 보고사, 2005.

『국립민속박물관』

『국립중앙박물관』

『국립한글박물관』

『국어국문학자료사전』

『국역국조인물고』

『뉴스서천』

『금강일보』

『금계필담』

김용찬, 『교주 병와가곡집』, 월인, 2001.

김용호, 『청구영언과 가사해의』(상 · 하), 삼강문화사, 1996

김천택 편, 『청구영언 주해편』, 국립한글박물관, 2017.

―――, 『청구영언 영인편』, 국립한글박물관, 2017.

『네이버지식백과』

다홀편집실, 『한국사연표』, 다홀미디어, 2003.

『대전역사박물관』

『동가선』

『동문선』

『동아일보』

『두산백과』

박을수, 『한국시조대사전』(상 · 하), 아세아문화사, 1992.

백태남 편저, 『한국사연표』, 다홀미디어, 2013.

성무경 교주, 『영언』, 보고사, 2007.

『성옹지소록』

『소수서원시립박물관』

『송도기이』

『송도인물지』

『숭양기구전』

신웅순 블로그, 묵서재(https://blog.naver.com/sukya0517)

『역사스페셜』

『연려실기술』

『용재총화』

김종권 역주, 『금계필담』, 송정민 외 역, 명문당, 1985[2001]

유몽인, 『어우야담』, 한국문화사, 1996.

유창돈, 『이조어사전』, 연세대학교출판부, 2010.

윤덕진 · 성무경, 『고금가곡』, 보고사, 2007.

이능화, 『조선해어화사』, 동문선, 1992.

이창희, 『정선조선가곡』, 다운샘, 2002.

임방, 『수촌만록』, 김동욱 역, 아세아문화사, 2001.

장사훈, 『국악대사전』, 세광음악출판사, 1984.

『장흥타임스』

정현섭 편, 『교방가요』, 성무경 역, 보고사, 2002.

『조선왕조실록』

『주간한국문학신문』

『율곡전서』

하겸진, 『동시화』, 기태완 · 진영미 역, 아세아문화사, 1995.

『한국경제』

『한국민족문화대백과』

한국시조학회, 『시조학논총』

『해남시문』

황충기,『고전주해사전』, 푸른사상사, 2005.

──,『청구영언』, 푸른사상사, 2006.

──,『장시조전집』, 푸른사상사, 2017.

홍윤표 편,『악학습영 1 · 2』, 학자원, 2017.

2. 저서

강전섭 편저,『황진이 연구』, 창학사, 1986.

고가연구회,『한국시가 연구사의 성과와 전망』, 보고사, 2016.

고전연구회 사암,『조선의 선비 서재에 들다』, 포럼, 2007.

권오만,『개화기시가연구』, 새문사, 1989.

금장태,『율곡 이이』, 지식과교양, 2011.

김권섭,『선비의 탄생』, 다실초당, 2008.

김대행,『시조유형론』, 이화여자대학교출판부, 1989.

김상진,『조선 중기 연시조의 연구』, 민속원, 1997.

김영곤,『왕비열전』, 고려출판사, 1976.

김영운,『가곡 연창형식의 역사적 전개양상』, 민속원, 2005.

김영철 · 박진태 · 이규호,『한국시가의 재조명』, 형설출판사, 1988.

김영철,『한국 개화기 시가의 장르연구』, 학문사, 1990.

김용찬,『조선후기 시조사의 지형과 탐색』, 태학사, 2016.

김제현,『사설시조문학론』, 새문사, 1997.

──,『시조문학론』, 예전사, 1992.

김종오 편저,『옛시조감상』, 정신세계사, 1990.

김준영,『한국고전시가연구』, 형설출판사, 1991.

김창원,『강호시가의 미학적 탐구』, 보고사, 2004.

김하명,『시조집』, 한국문화사, 1996.

김학동,『한국개화기 시가연구』, 시문학사, 1990.

김흥규,『옛시조의 모티프 · 미의식과 심상공간의 역사』, 소명출판, 2016.

김정주,『시조와 가사』, 조선대학교출판부, 2002.

남정희, 『18세기 경화사족의 시조창작과 향유』, 보고사, 2005.

노인숙, 『한국시가연구』, 국학자료원, 2002.

류연석, 『시조 가사』, 역락, 2006.

류해춘, 『한국시가의 맥락과 소통』, 역락, 2019.

────, 『시조문학의 정체성과 문화현상』, 보고사, 2017.

박규홍, 『시조문학연구』, 형설출판사, 1996.

박을수, 『시화 사랑 그 그리움의 샘』, 아세아문화사, 1994.

────, 『한국시가 문학사』, 아세아문화사, 1997.

────, 『시조의서발유취』, 아세아문화사, 2000.

박춘우, 『한국이별시가의 전통』, 역락, 2004.

서영숙, 『조선후기 가사의 동향과 모색』, 역락, 2003.

서원섭 · 김기현, 『시조강해』, 경북대학교출판부, 1987

서원섭, 『시조문학연구』, 형설출판사, 1991.

성호경, 『시조문학』, 서강대학교출판부, 2014.

손종섭, 『다정도 병인 양하여』, 김영사, 2009.

신연우, 『시조 속의 생활, 생활 속의 시조』, 북힐스, 2000.

신웅순, 『문학과 사랑』, 문경출판사, 2005.

────, 『시조는 역사를 말한다』, 푸른사상사, 2012.

────, 『연모지정』, 푸른사상사, 2013.

────, 『시조로 보는 우리 문화』, 푸른사상사, 2014.

────, 『시조로 찾아가는 문화유산』, 푸른사상사, 2016.

────, 『문화유산에 깃든 시조』, 푸른사상사, 2021.

양희철, 『연시조 작품론 일반』, 월인, 2016.

원용문, 『시조문학원론』, 백산출판사, 1999.

원주용, 『조선시대 한시 읽기』, 한국학술정보, 2010.

윤광봉, 『고전시가와 예술』, 경인문화사, 2003.

윤영옥, 『시조의 이해』, 영남대학교출판부, 1995.

이가원, 『이조명인 열전』, 을유문화사, 1965.

이광식 엮음, 『우리 옛시조여행』, 가람기획, 2004.

이근호, 『이야기 왕조사』, 청아출판사, 2005.

이동렬,『세월에 시정을 싣고』, 하서, 2002.

이병권,『조선왕조사』, 평단, 2008.

이상보,『한국의 명시조』, 범우사, 1995.

이선근,『대한국사』, 신태양사, 1977.

이수곤,『국문시가의 생산적 논의를 위한 새로운 시각』, 보고사, 2017.

이수광, 정해렴 역,『지봉유설정선』, 현대실학사, 2000.

이종건,『한시가 있어 이야기가 있고』, 새문사, 2003.

이종호,『화담 서경덕』, 일지사, 2004.

이찬욱 외,『시조문학특강』, 경인문화사, 2013.

이태극,『시조개론』, 새글사, 1995.

─────,『덜고더한시조개론』, 반도출판사, 1992.

이태극, 한춘섭,『고시조해설』, 홍신문화사, 2003.

이희승,『고시조와 가사감상』, 집문당, 2004.

임선묵,『근대시조편람』, 경인문화사, 1995.

임종관,『시조의 문예적 탐색』, 중문출판사, 2000.

임종찬,『고시조의 본질』, 국학자료원, 1993.

장덕순,『이야기 국문학사』, 새문사, 2007.

─────,『한국고전문학의 이해』, 일지사, 1973.

장사훈,『시조음악론』, 서울대학교출판부, 2001.

정광호,『선비』, 눌와, 2003.

정규복,『한국고전문학의원전비평』, 새문사, 1990.

정병욱,『한국고전시가론』, 신구문화사, 1988.

정병헌 · 이지영,『고전문학의 향기를 찾아서』, 돌베개, 1999.

정비석,『명기열전』, 이우출판사, 1977.

정순목,『퇴계평전』, 지식산업사, 1987.

정완영,『시조창작법』, 중앙일보사, 1981.

정옥자,『우리선비』, 현암사, 2003.

정윤섭,『해남문화유적』, 향지사, 1997.

정우락,『남명과 이야기』, 경인문화, 2007.

정종대,『옛시조와 시인』, 새문사, 2007.

정혜원, 『한국고전시가의 내면 미학』, 신구문화사, 2001.

조규익, 『가곡 창사의 국문학적 본질』, 집문당, 1994.

———, 『만횡청류의 미학』, 박이정, 2009.

조동일, 『시조의 넓이와 깊이』, 푸른사상사, 2017

———, 『한국민요의 전통과 시가율격』, 지식산업사, 1996.

———, 『한국문학통사』, 지식산업사, 1983.

조연숙, 『한국 고전 여성 시사』, 국학자료원, 2011.

진동혁, 『고시조문학론』, 형설출판사, 1997.

차용주 역주, 『시화 총림』, 아세아문화사, 2011

차주환 교주, 『시화와 만록』, 『한국고전문학대계19』, 민중서관, 1966.

최동원, 『고시조론』, 삼영사, 1997

최범서, 『야사로 보는 조선의 역사 1』, 가람 기획, 2006.

최승범, 『시조에 깃든 우리 얼』, 범우사, 2005.

함화진, 『증보가곡원류』, 푸른사상사, 2005.

허경진, 『한국의 한시 6』, 평민사, 2001.

황충기, 『여항인과 기녀의 시조』, 국학자료원, 1999.

———, 『장시조연구』, 국학자료원, 2000.

———, 『여항시조사연구』, 국학자료원, 2003.

———, 『가사집』, 푸른사상사, 2007.

———, 『기생 일화집』, 푸른사상사, 2008.

———, 『기생시조와 한시』, 푸른사상사, 2004.

———, 『성을 노래한 고시조』, 푸른사상사, 2008.

———, 『고전문학에 나타난 기생시조와 한시』, 푸른사상사, 2015.

인명 및 용어

시조의 문화와 시대정신

작품 및 도서

27